KB244489

현준이와의 특별한 여행

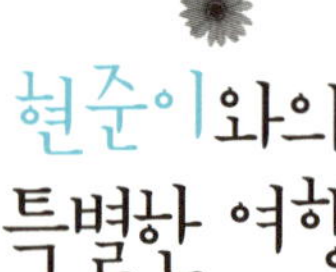

현준이와의
특별한 여행

초판 1쇄 인쇄 | 2010년 11월 25일
초판 1쇄 발행 | 2010년 12월 5일
지은이 | 조성덕
발행인 | 황인욱
발행처 | 圖書出版 오래

디자인 | 피앤피디자인(www.ibook4u.co.kr)
주　소 | 서울특별시 용산구 한강로2가 156-13
이메일 | ore@orebook.com
전　화 | (02)797-8786~7, 070-4109-9966
팩　스 | (02)797-9911
홈페이지 | www.orebook.com
출판신고번호 | 제302-2010-000029호

ISBN 978-89-94707-14-3 (03810)

*책값은 뒤표지에 있습니다.
*잘못 만들어진 책은 구입하신 서점에서 교환해 드립니다.

현준이와의 특별한 여행

조성덕 지음

圖書出版 오래

사실 우리 아이가 병상에 있을 때, 정말 많은 분들이 걱정해주시고 쾌유를 비는 기도를 해주셨습니다. 정말 하나님을 귀찮게(?) 해드렸지요. 그래서 이렇게 좋은 결과가 있게 된 것 같습니다. 우리 현준이는 8월에 재수술을 받아 받은 후 특별한 후유증 없이 잘 나아가고 있고, 10월에는 다시 영국으로 가서 공부를 하고 있습니다. 그리고 아직까지도 사고를 당한 그 날로부터 두 달 정도는 전혀 기억을 하지 못하고 있습니다. 정말 감사한 일이지요.

이 책을 내는 이유는 희망을 이야기하고 싶기 때문입니다. 저도 의사 생활을 25년 이상 해오면서 저희 아이 같은 환자들을 많이 보아왔습니다. 그러나 저는 마치 배우들이 감독으로부터 배역을 배정받듯이, 저는 하나님께서 의사의 역할만 주신 것처럼 생각해왔지요. 그렇기에 환자들을 보면서 내가 역할이 바뀌어서 저 침상에 누워있다면 어떨까 하는, 즉 병원에서의 제 역할이 의사가 아니라 환자라면 어땠을까라는 생각은 꿈에도 해본 적이 없었습니다.

그러나 우리 아이의 사고를 겪으면서 이 세상 어느 누구도 의사의 역할만 하라고, 또 환자의 역할만 하라고 정해진 것은 없다는 것을 비로소 깨달았습니다. 그래서 이번에 환자 쪽의 역할을 하면서 환자와 보호자들의 그 애절한 심정을 어느 정도 이해할 수 있게 되었습니다.

저희 부부는 이 내용을 책으로 엮기로 하면서 그때 그 기억들을 다시 떠올려야 하는 아픔을 감수해야 했습니다. 우리 아이도 어려운 기로가 몇 차례 있었음을 기억합니다. 그리고 어쭙잖게 우리 아이의 장기를 다른 사람들에게 주어야 하는 것은 아닌가 하는 잔망스러운 생각도 했었음을 고백하지 않을 수 없습니다.

그럼에도 이 책을 내는 의도는 이 시간 지금도 똑같은 경험을 하고 계실 많은 환자 보호자 분들이 절망하기보다는 희망을 간직하길 바라며, 조금이나마 용기를 드리고 싶어서입니다. 저는 사람으로서 가장 아름다운 모습은 끝까지 최선을 다하는 것이라 믿습니다. 사랑하는 가족을 병원에 입원시키고 지금 이 시간 병상 앞에서 혹은 중환자실 복도에서, 대기실에서 가슴이 까맣게 타들어가고 있을 보호자들이 끝까지 희망의 끈을 놓지 않았으면 하는 바람입니다.

의사도 사람입니다. 실수할 수 있습니다. 그러므로 항상 어떤 중요한 결정을 해야 하는 시점에서는 다른 의사들의 의견도 꼭 듣고 신중한 결정을 내렸으면 합니다. 제가 의사여서 우리 아이에 대해서 중요한 결정을 내릴 때 그 분야의 전문의들에게 많은 의견을 들을 수 있었습니다. 일반인들은 어려울 수 있습니다. 그러나 생명은 단 하나입니다. 어렵더라도 주위 분들에게 도움을 청해서 다른 의사들의 견해를 꼭 참고하시는 것이 필요하리라 생각합니다. 내용에 나오는 의사들을 책망하기보다는 환자를 치료하는 의사들이 환자들을 자신의 가족이라 생각하고 보다 애정을 가지고 보다 신중하게 치료에 임하게 되기를 바라는 마음입니다.

현준이가 어렸을 때 새끼손가락을 걸고 '우리 사나이들끼리만 세계 7대 불가사의를 다녀오자' 고 약속을 했습니다. 나중에 정말로 세계 7대 불가사의와 캄보디아의 앙코르와트까지 다녀오고 나서 마치 에베레스트를 등정이나 한 양 뿌듯해 했지요.

그러다가 이번에 현준이와 꿈에도 생각지 못했던 또 다른 여행을 이번에는 가족 모두와 함께하였습니다. 교통사고, 코마, 중환자실……, 이번의 특별한 경험은 우리 가족 모두의 사는 방식을 바꾸어 놓았습니다. 지금 메일을 쓰고 있는 이 아침에 그때 상황들이 주마등처럼 스쳐 지나가고 있고, 진료실 책상에 앉아 뜨거운 눈물이 흐름을 주체하기 어렵습니다. 나이가 들수록 산다는 것이 무엇인지 물음표만 점점 늘어가는군요. 저도 이번 기회를 통해서 대학 병원의 교수라는 타이틀을 벗어 던지고 조그만 개인 병원의 원장으로 옷을 갈아입었습니다. 이번 사고가 끔찍한 기억으로 지워지지 않을 흉이 되기보다는 우리 가족들이 얼마나 현준이를 사랑하는지 다시금 깨닫게 된 소중한 계기로 남기만을 바랄 뿐입니다.

현준이와 우리 가족을 걱정해주셨던 분들과 우리를 전혀 모르심에도 이런 사정을 들으시고 현준이의 쾌유를 위해 눈물을 흘리며 기도해주셨던 많은 분들과 최선을 다해 치료해주신 의료진에게 진심을 담아 감사의 말씀을 드리고 싶습니다.

지금으로부터 22년 전 겨울, 서울의 한 병원에서 사내아이가 태어났답니다. 이 아이는 출산 때 엄마의 산길에 비해 너무나 커서 산부인과 선생님들의 애를 태우다가 힘겹게 이 세상과 첫인사를 했답니다. 이 아이는 그 가족의 둘째, 장남, 막내라는 타이틀을 한꺼번에 거머쥐게 되었지요. 그 아빠는 막내를 많이 예뻐했고, 아이 역시 아빠를 잘 따라서 아이는 종종 "나는 아빠의 장난감입니다"라고 말하곤 했답니다.

그 아이가 유치원 다닐 무렵, 이 아이는 시시때때로 부모님께 와서 자기가 잘못했다고 울곤 했습니다. 그 사연은 자기를 화나게 한 친구에게 속으로 욕을 했다는 것이었습니다. 부모들은 아이에게 "모든 사람들은 화가 나면 그런 생각을 할 수도 있단다. 그래도 너는 마음속으로만 했으니 그나마 다행이다. 하지만 다음부터는 화가 나도 마음속으로도 욕하지 않는 것이 좋겠다”고 일러주었습니다. 그러나 아이는 이후에도 자주 이런 고백을 하며 침울해했습니다. 부모들은 혹시 병원에 데리고 가서 치료를 받아야 하는 것이 아닌가 하며 걱정을 했지만, 다행히 초등학교에 다니면서 이런 증세는 저절로 없어졌습니다.

초등학교 시절 이 아이는 학교를 종종 빼먹었답니다. 심지어 초등학교 입학식도 가지 않았습니다. 그리고 가족 모두 출동해 여행을 가거나 ‘사나이들만의 여행’이라며 아빠와 아이 둘이서 떠나는 그런 여행을 자주 다녔습니다. 아빠와 아들 둘이 함께 세계 7대 불가사의를 여행하기도 했답니다. 그래서 세계 많은 나라를 다녀보았습니다. 아빠는 이렇게 학교를 빼먹고 여행을 가는 것도 또 하나의 자연 학습이라고 말하곤 했답니다.

아이는 중학생이 되면서 부모와 이별을 하고 먼 영국땅의 기숙사에서 생활을 하게 되었지요. 가족과 떨어져 생활하게 되니 처음에는 기숙사 침대를 눈물로 많이 적시곤 했나 봅니다. 그러나 곧 공부의 압박에서 벗어나 마음껏 축구, 럭비, 필드하키, 육상 등 여러 체육 종목을 즐길 수 있었지요. 이런 동안 매일같이 엄마와는 전화를 하고 아빠와는 이메일을 하면서 지냈습니다. 그러다 보니 같이 살 때보다 더 많은 이야기를 나누게 되었다고 합니다.

　아빠와의 여행도 계속되었습니다. 특히 파리에서 아무 계획 없이 만나 박물관도 가고, 엘리제 궁 앞에서 조깅도 하고, 밤에 세느 강가를 걸었던 그 순간들이 기억에 많이 남는다고 합니다.

　부모와 떨어져 지내다보니 보통 부모들이 힘들어하는 사춘기도 별일 없이 지나갔다고 합니다. 몇 년이 더 흘러서 그 꼬마 아이의 키가 아빠보다 커졌고 아빠와 아들은 점점 친구처럼 되어갔답니다.

　어느 날 방학 때 가족들이 함께 찜질방을 가게 되었습니다. 그때 아이의 아빠는 여러 가지 일들로 많이 힘들어하던 때였는데, 아이가 찜질방 안에서 아빠에게 『긍정의 힘』이라는 책(사실 아빠가 그 아이에게 읽으라고 권했던)을 주면서 자기가 접어놓은 페이지를 읽어보라고 다시 권했습니다. 아빠는 그 부분을 읽으면서 어느새 다 커버린 아이에게 놀라고, 한편으로는 아이보다 못난 아비인 것 같아 가슴이 찡해졌답니다.

　그러다 대학입시를 준비하게 되었는데, 부모들은 가족도 없이 혼자서 인생의 첫 번째 관문을 통과하려 애쓰는 아이가 너무나 안쓰러웠답니다. 매일 서로 이메일을 주고받던 중, 하루는 이런 내용의 메일이 왔더랍니다. 하나님께 너무나 죄송하다고, 평상시에는 하나님께 기도를 자주하지 못했는데 시험을 앞

두고 자주 기도를 하는 것 같아 미안한 마음이 든답니다. 그래서 아빠는 이렇게 답장을 보내줬습니다.

"사람들이 평상시에 하나님께 자주 기도드려야 하는데, 대부분의 사람들은 그렇게 살지 못하지. 그래서 하나님은 사람들에게 어려움을 주시고, 사람들은 어려움에 닥쳐서야 비로소 하나님을 찾게 되지. 그러니 어려울 때 기도하는 것은 전혀 죄송한 일이 아니란다. 어려울 때에도 기도하지 않는 사람들이 오히려 마음이 강퍅한 사람들이지."

그 아이가 대학에 합격한 후에는 비싼 등록금을 걱정하며 아빠의 부담까지 헤아린다고 합니다. 아빠는 그 아이의 맑은 눈을 통해서 그 아이의 밝은 마음을 본답니다. 그래서 그 아빠는 힘이 들 때면 그 아이의 맑은 눈을, 그 아이의 해맑은 얼굴을 떠올린답니다. 그 아이는 그렇게 밝은 영혼을 가진 청년으로 자라났습니다.

그 아이의 아빠가 바로 접니다. 저는 이 세상에 둘도 없는 팔불출입니다. 저는 그 아이의 아빠라는 사실만으로도 행복합니다. 제가 이 세상에 태어나서 가장 잘한 일이 그 아이를 이 세상에 있게 한 것이라고 생각하는, 이렇게도 못말리는 팔불출입니다.

Contents

1장 하늘이 무너지다

2장　현준이와의 특별한 여행

3장 아픔을 떠나보내다

하늘이 무너지다

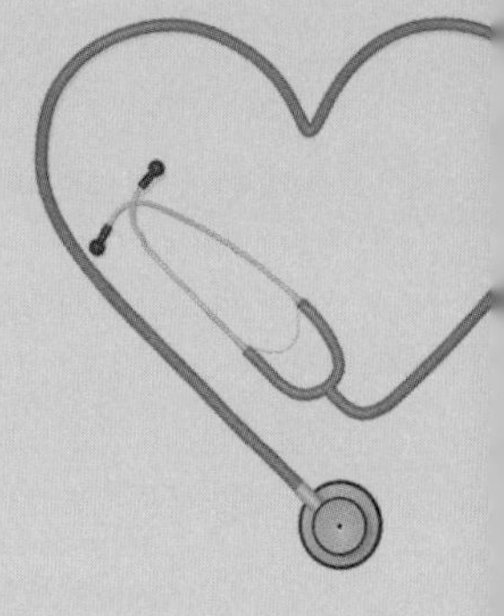

하루 종일 중환자실 밖 복도만 서성거리다가 눈물만 훔치고 있습니다. 가끔씩은 계단으로 가서 통곡도 합니다. 지금은 세상 어느 것도 보이지 않습니다. 내 체면도 없습니다. 우리 현준이 이외에 어떤 것도 생각나지 않습니다. 아는 모든 의사 선생님들께 전화를 드립니다. 도와달라고, 우리 현준이를 살려달라고…….

1 귀국 2009.12.18(금)

현준이가 방학을 맞아 오늘 서울에 옵니다. 영국에서 공부를 하던 현준이는 원래 오늘 학교 수업을 마치고 출발하려 했는데, 비행기표가 없어서 할 수 없이 17일로 예약을 변경했습니다. 그래서 수업을 하루 빼먹고 오게 되는 줄 알았는데 다행스럽게도 오늘 수업이 취소됐다고 합니다. 17일 오전수업을 마치고 비행기를 탈 수 있게 되었습니다.

공항 입국 게이트에서 기다리자니 드디어 현준이 모습이 보입니다. 오늘은 별로 늦지 않게 현준이가 나옵니다. 이제 적응을 잘 해가고 있는지 전과는 다르게 얼굴에 살도 붙었습니다. 가장 달라진 점은 어깨가 떡 벌어지게 넓어진 것입니다. 얼굴도 밝아졌습니다.

그래도 역시 막내는 막내입니다. 엄마 아빠를 보자마자 배가 고프다며 칭얼댑니다. 요즘 비행기에서 주는 기내식은 먹히지 않아 한 끼도 먹지 않고 굶고 왔다며 배가 고프다고 징징거립니다. 그래서 일단은 식당으로 향했습니다. 오랜만에 갈비가 먹고 싶답니다. 되도록 가까운 곳을 찾아 김포공항 앞의 갈비집으로 가서 갈비와 시원한 물냉면과 구수한 된장찌개를 먹었습니다. 정말 마파람에 게 눈 감추듯 순식간에 우리 현준이가 먹어치웠습니다.

그런 후에 당산동에 가서 할아버지, 할머니에게 인사를 드리고 집으로 향하는데, 엄마에게 전화가 와서 받아보니 현준이 누나 현민이였습니다. 자기만 빼놓고 저녁을 먹으러 갔다고 조금 삐친 듯 합니다.

당산동에서 집으로 향하는 올림픽대로는 완전히 꽉 막혀있습니다. 아마도 크리스마스 전의 금요일 저녁이라서 그럴 것입니다. 할 수 없이 여의도 쪽으로 빠져서 원효대교를 건너서 강변북로를 탔는데, 여기도 차들로 꽉 차 있습니다. 그렇게 집으로 오는데 한 시간 반은 족히 걸린 것 같습니다. 그래도 그 덕분에 현준이와 대화도 나눌 수 있었고, 가면서 현준이도 조금 잠을 청할 수 있었습니다.

집에 도착하자마자 현준이는 현민이에게 에든버러(Edinburgh)에 여행 갔던 자랑을 하느라 정신이 없습니다. 그리고는 친구들 모임에 간다며 집을 나섰습니다. 날이 추운데 옷을 가볍게 입고 나가서 현준이가 추워할까 걱정입니다.

오늘 아침 아홉시가 넘어서 하늘이 무너졌습니다.

전화기 너머 들려오는 현준 엄마의 목소리에 정신이 혼미해졌습니다. 현준이가 교통사고를 당해 의식이 없다는 울부짖음에 나의 심장이, 나의 모든 것이 일시에 정지해 버렸습니다.

그 순간 나는 이 세상에서 가장 무능한 아버지였습니다. 나는 그때 일본에서 정기적으로 제모를 하러 오는 학생에게 시술을 하고 있었습니다. 우리 현준이는 생명이 위독하다는데, 의사라는 아빠는 털이나 뽑고 있었다니 말입니다. 그렇게 시술을 해야만 하는 한 시간 반은 정말 지옥의 순간이었습니다.

그동안 모든 신경은 핸드폰에 가 있었습니다. 전화기가 울리지 않기를 간절히 기도했습니다. 그리고 그 시술을 하는 동안에도 계속해서 도움을 줄 수 있는 선생님들이 누굴까 기억해내려고 노력하면서, 아산병원 성형외과 스텝들, 그 외 아산병원에 관련이 있는 선생님들에게 전화를 하는 것이 내가 그 순간

할 수 있는 전부였습니다.

　치료를 마치고 현준이가 있는 병원으로 이동하는 차 안에서, 그렇게도 울리지 않기를 바라던 핸드폰이 울리고 말았습니다. 현준이가 어떻게 되었다는 내용이 아니기를 간절히 기도하는 마음으로 전화를 받았습니다. 다행히 내가 언제 도착하냐고 묻는 현민이 전화였습니다. 안도의 한숨을 쉬며 가슴을 쓸어내렸습니다.

　전쟁터 같은 응급실에서의 그 긴긴 시간이 지나고, 드디어 현준이에 대한 진단이 어느 정도 끝나고 오후 4시가 되어서야 치료가 시작되었습니다. 가장 먼저 혈관조형술로 출혈이 계속되고 있는 손상된 혈관을 막는 시술을 하고 있습니다. 치료실 복도에서 기다리는 세 시간은 너무나 길었습니다. 흘러내리는 눈물을 주체할 수 없습니다. 현준이의 상태는 크게 변화가 없지만 소변 양이 많이 줄었습니다. 신장이 다쳐서 급성 신기능 약화로 생명이 위험하지 않을까 걱정입니다. 그러나 엄마와 현민이 앞에서 그런 내색을 할 수는 없었습니다.

　정형외과에서는 빨리 수술을 하려고 준비를 마치고 기다리고 있는데, 마취과 사정으로 수술이 지연되고 있습니다. 부랴부랴 내가 아는 모든 마취과 의사들에게 전화를 했습니다. 마침 오늘이 제 의대 동기회에서 송년회모임을 하는 날입니다. 동기들에게 아산병원 마취과에 연락을 취해달라고 부탁했습니다. 동기회 모임에 참석해 있던 모든 친구들이 전화기를 들어서 부탁을 했다고 합니다. 마침 동기 중 하나의 후배가 아산병원 마취과에 스텝으로 있어 전화를 할 수 있었고, 드디어 밤 11시 30분이 되어서야 수술을 시작할 수 있었습니다. 평소 친하게 지내던 인혜 아빠가 대퇴골 골절 수술을 시작하고 다음날 새벽 2시 30분이 되어서야 수술이 끝났습니다.

수술은 잘 되었다고 합니다. 또 고정이 잘 되어서 무릎 부위에 꽂아놓았던 쇠막대도 제거하니 한결 현준이가 안정되어 보입니다. 또 가장 걱정했던 수술 전의 소변이 줄어드는 현상이 수술 후 정상화되었습니다. 중환자실에서 여러 가지 모니터상의 수치도 많이 안정화되었습니다. 엄마는 중환자 대기실에 남기로 하고, 현민이와 일단 집으로 돌아왔습니다.

3 그 높은 곳에서… 2009.12.20(일)

현준아, 아빠 시계는 12월 19일부터 멈춰있단다. 네가 의식 없이 누워있는 그 순간부터 아빠의 마음도 너와 함께 누워있 단다.

네가 자동차에서 튕겨나와 떨어진 높은 난간에서 아래를 보면서 한없이 울었다. 얼마나 놀랐니? 얼마나 무서웠니? 미안하다. 아빠가 지켜주지 못해서…….

현준아, 힘내라. 그래서 일어나야 한다. 아빠는 지난 7월에 네가 보낸 문자를 아직도 간직하고 있단다. 아빠를 사랑한다고, 열심히 일하라고. 너도 힘내라. 빨리 일어나서 우리 모든 것을 다 떨쳐버리고 다시 가족여행을 하자꾸나.

이건 현실이 아닐 거야. 꿈을 꾸고 있는 거야. 빨리 꿈에서 깨어나야지.

새벽 4시가 넘어서야 집으로 왔습니다. 현준이가 깨어나면 꽃을 보여주기 위해, 꽃들을 화장실로 옮기고 물을 흠뻑 주었습니다. 잠을 이룰 수 없습니다. 이것은 분명 꿈일 것입니다. 나는 어제 세상이 무너져내렸는데, 세상은 아무 일도 없다는 듯이 아침에 해가 뜨고, 예전처럼 자동차와 사람들이 지나다닙니다. 세상이 왜 이렇게 야속하게 느껴지는지…….

네 몸속으로 수술칼이 들어올 때 얼마나 섬뜩하고 무서웠니? 사랑하는 아들아! 마음이 찢어진다는 말이, 그 말이 이런 느낌이구나. 네가 사고 당시 입고 있던 옷에 붙어있던 잔디, 풀들이 눈에 밟히는구나. 그 높은 데서 떨어질 때 얼마나 무서웠니? 사랑하는 아들아!

현준이가 다치고 만 하루가 지났습니다.
이 세상이 무너지고 하루가 지났습니다.
하루 종일 중환자실 밖 복도만 서성거리다가 눈물만 훔치고 있습니다. 가끔씩은 계단으로 가서 통곡도 합니다. 지금은 세상 어느 것도 보이지 않습니다. 내 체면도 없습니다. 우리 현준이 이외에 어떤 것도 생각나지 않습니다. 아는 모든 의사 선생님들께 전화를 드립니다. 도와달라고, 우리 현준이를 살려달라고…….

같이 사고를 당하면서 탄천 주차장 쪽으로 현준이와 함께 떨어졌던 친구가 오늘 오전에 사망했다고 합니다. 너무나 가슴이 아픕니다. 또 한편으로는 같은 높이에서 떨어져서도 살려고 애쓰고 있는 우리 현준이……. 우리 현준이가 지금의 고통을 잘 이겨냈으면 하는 바람입니다.

4 친구의 영정 사진 2009.12.21(월)

현준아, 오늘은 네가 조금은 눈을 뜨는 것 같아서, 조금은 아빠 말을 알아듣는 것 같아서 너무나 행복했다. 현준아, 빨리 일어나자.

현준이를 부탁드렸던 선생님 한 분으로부터 전화를 받았습니다. 신경외과 선생님의 소견으로는 CT 사진이나 현재의 증세로 보아 예후가 좋지 않을 수 있다고 했다고, 현준이가 언제 깨어날 수 있을지 기약할 수 없다고 말했다 합니다. 그러면서 신경외과 의사들은 항상 이렇게 예후를 좋지 않게 설명하는 것을 알지 않냐고, 무시해버리라고 합니다. 그러나 전문의의 의견을 들으니 기분은 매우 언짢습니다.

하나님께 기도를 드립니다. 하나님께서 우리 현준이의 이름을 기억하시고 살려달라고 말입니다. 사실 지금 상태에서 신경외과 의사가 할 수 있는 것은 아무것도 없습니다. 그러니 이 전

화 내용은 현준 엄마나 현민이에게 알리지 않고 그냥 무시하려
합니다.

　오후에 중환자 대기실 복도를 서성이고 있는데, 교통사고 때
운전했던 아이의 부모들이 우리를 찾아왔습니다. 미안하다
고……. 그분들 아이도 많이 다쳐서 중환자실에 있습니다. 오
전에는 함께 사고를 당한 다른 친구의 장례식장에 다녀왔다고
합니다.

　사실 우리도 그 아이가 어제 세상을 떴다는 소식을 접하고
장례식장에 다녀오고 싶었습니다. 그러나 장례식장이 어딘지
를 몰랐습니다. 보험 회사에 전화를 걸어서 담당자에게 물어봤
더니, 그 부모님들이 주위 사람들에게 알리지 말라고 했다며
알려주지를 않았습니다. 이 분들 덕분에 장례식장을 알게 되었
습니다. 현준이 오후 면회를 마치고, 9시경에 현준 엄마와 현
민이를 데리고 장례식장에 가서 이 세상을 떠나는 마지막 길에
있는 그 아이를 만났습니다. 영정 사진으로 말입니다. 현준이
가 깨어 있었다면 그렇게 했을 테니 말입니다.

　그 아이의 부모님들은 우리 현준이를 잘 알고 있었지만, 같
이 사고를 당한 친구가 바로 우리 현준이라는 것은 모르고 있
었습니다. 그 아이가 불러서 현준이가 그 모임에 합류했다는

말을 듣고 너무나 슬프고 미안하다고 했습니다. 또한 같은 부모 입장에서 많이 다쳐서 중환자실에 있는 현준이 생각을 하니 가슴이 찢어진다고 했습니다.

장례식장을 다녀오면서 마음이 심란해지는 것은 어떻게 할 수가 없었습니다.

5 외상 후 정신증세  2009.12.22(화)

　오전에 우리 현준이 주치의를 통해서 함께 다쳤던 또 다른 친구의 다친 정도를 들었습니다. 조수석에 탔던 친구인데, 그 친구는 쇄골 골절과 팔꿈치 골절 정도이고 머리는 다치지 않았다고 합니다. 그 소식을 들으니 '현준이 네가 그 자리에 타지 그랬니' 하는 생각이 들면서 괜히 그 친구가 미워지기까지 합니다. 보통 사고를 당한 후 나타나는 '외상 후 정신증세(post traumatic psychosis)'가 저에게도 나타나나 봅니다. 배운 지 오래돼서 이젠 잘 기억이 나지는 않지만, 사고 당사자뿐 아니라 주위 가족에게도 이런 증세가 나타날 수도 있겠다는 생각이 듭니다.

　우리 현준이는 두개저 골절, 많은 양의 머릿속 출혈, 세 군데의 척추 골절, 다발성 늑골 골절, 대퇴골두 골절, 그 외에 한쪽 폐와 한쪽 신장, 간, 심장 등에 파열과 좌상이 있는 아주 중상의 상해를 입고 있습니다.

"

현준이가 다치고 4일째입니다. 점심에 병원 구내식당에서 식사를 하고 있는데, 식당 창밖에 병리과의 아는 여자 선생님이 지나갑니다. 수저를 놓고 무작정 달려가서 우리 현준이를 살려달라고 도움을 청합니다. 마침 현준이 주치의도 여자분이어서 잘되었습니다.

오후에 그 병리과 선생님 전화를 받았습니다. 우리 현준이 치료와 관련이 있는 모든 사람들에게 잘 부탁한다는 연락을 했다고, 특히 주치의에게는 최선을 다하라고 간곡히 부탁했다고 합니다. 또 우리 현준이를 위해서 기도를 하겠다고 합니다.

현준이 치료는 하나님께서 직접 하고 계시지만, 의사를 통해서도 역사하시기에 내가 아는 의사들을 총동원하여 우리 현준이의 치료에 만전을 기해달라고 부탁하려 합니다.

6 겨울비 2009.12.23(수)

밤새 겨울비가 옵니다. 슬프다는 것이 이런 것인가 봅니다. 가만히 있어도 눈물이 흐르고, 가끔씩은 몸서리치게 보고 싶어 못 견딜 정도로 가슴이 아려옵니다.

이젠 사람이 할 수 있는 것은 다한 것 같습니다. 이젠 하나님의 공의로운 손에만 의존해야 할 것 같습니다. 그래서 주위의 목사님과 교회에 다니는 분들에게 전화를 드려야겠습니다. 우리 현준이의 회복을 위해서 말입니다. 전화를 하면서도 말을 이어갈 수가 없습니다. 전화를 받는 분들도 너무 놀라 말을 하지 못합니다.

교회 목사님도 기도를 하시겠다고 합니다. 한 교우께선 사랑의 교회의 중보기도를 하시는 칠천 명의 기도 제목으로 보냈답니다. 성도 교회에서도 기도를 많은 분들이 하고 계시다 합니다. 우리를 아시는 분들과 잘 알지는 못하지만 우리 현준이의 사고 소식을 듣고 안타까워하는 분들이 기도해주신다는 소식들에, 정말 천군만마를 얻었다는 것이 이런 느낌인가 봅니다.

하나님, 우리 현준이의 이름을 기억하시고 하나님의 방법으로 치유해 주시리라 믿습니다.

7 제발, 내가 대신… 2009.12.24(목)

　현준이는 별 차도가 없습니다. 가끔씩 열도 오르고 해서 걱정입니다. 중환자실 앞에서 초점 없는 눈으로 복도를 서성이는 것이 무슨 의미가 있겠습니까? 그러나 현준이가 누워있는 침대에서 가장 가까이 있을 때, 비록 두꺼운 벽으로 막혀있지만 그래도 현준이와 가까이 있다는 것이 현준이와 함께하는 것 같아 조금은 위안이 됩니다.

　중환자실 앞의 대기실과 복도들은 너무나 답답합니다. 그곳에 와 있는 보호자들은 저마다의 말 못할 사연들을 가지고 계시는 분들입니다. 분위기도 침울합니다. 내가 중환자 보호자 대기실에 앉아있게 되리라고는 꿈에도 생각지 못했습니다.

　의사 생활을 25년 이상 해오면서 많은 환자들을 봐오고 치료를 했지만, 나는 항상 의사 역할만 하도록 되어있는 줄 알았습니다. 그런데 6일 전부터 내가 중환자실에 누워있습니다. 우리 현준이가 누워있는 것은 바로 내가 누워있는 것입니다. 지난 6일 동안 기도했던 것 중의 하나가 '할 수만 있다면, 현준이 대신에 제가 누워서 현준이가 일어날 수 있다면, 제발 그렇게 해주십시오' 하는 것이었습니다. 사실 저는 이 세상을 오십 년 이상 살았지만, 우리 현준이는 아직 인생이라는 꽃도 채 피우지 못했으니까요.

답답한 마음에 병원 1층으로 내려와 이곳저곳을 돌아다녀 보는데, 이비인후과 교수 명단에서 반가운 이름을 만났습니다. 예전에 같은 병원에 함께 근무했던 의사입니다. 아마도 스텝으로 같은 해에 입사를 했었을 것입니다. 그러나 그후에는 서로 전혀 연락이 없었습니다.

체면도 창피함도 이제 나에겐 없습니다. 무조건 이비인후과 외래에 가서 그 선생님을 만나려고 하니 오전 외래 진료 후 오후에 수술이 없고, 연구실에도 없어서 연락이 되지 않습니다. 연락처를 남기고 꼭 전화해달라고 부탁을 드렸더니, 몇 시간 후 전화 연결이 되었습니다. 자초지종을 들려주니 한 시간 만에 내 앞에 나타났습니다. 그동안 현준이와 관련된 자료를 확인하고, 관계되는 분들에게 부탁을 하고, 자기가 진료하고 있는 쪽의 CT사진을 다시 보고 왔다 합니다. 자기 과 쪽의 소견으로는 큰 문제가 없다고 하며, 이비인후과 레지던트 선생님들에게 현준이를 매일 체크하라고 지시했다고 합니다. 너무나 고마운 일입니다.

하나님, 이렇게 제 주위의 의사를 보내주시니 감사합니다.

인공호흡기를 떼어내고 현준이가 스스로 호흡을 하도록 했습니다. 하지만 여러 군데 다친 곳 때문에 많이 아파해서 호흡이 제대로 이루어지지 않아, 다시 인공호흡기로 현준이의 호흡을 보조해주고 있습니다. 그래도 떼어내었던 인공호흡기를 다시 사용하니 마음이 조금은 언짢습니다. 이런 기계들이 현준이 몸에서 떨어지는 게 현준이가 나아간다는 증거인데 말입니다.

그래도 우선 무엇보다 현준이가 편안해하니 괜찮습니다.

8 크리스마스 선물 2009.12.25(금)

오전 면회 시간에도 현준이는 여전히 잠을 자고 있습니다. 너무나 답답합니다. 간호사들 말로는 밤에 잘 자지 못하고 자주 깨어난다고 합니다. 아마도 영국에서 돌아오고 바로 사고를 당해서 시차를 극복하지 못하고 있나 보다 하는 생각이 듭니다.

역시 어제처럼 하루 종일 중환자실 앞 복도에 앉았다가 섰다가 안절부절못합니다. 시간은 많은데 아무것도 할 수가 없습니다. 억지로 책을 펴도 글자는 전혀 눈에 들어오지 않습니다.

아빠의 대포 같은 방구 소리에 현민이가 오랜만에 웃었습니다. 오늘 우리 가족은 모두 속이 좋지 않아서 화장실을 들락거립니다. 그동안 잘 먹지도 못했습니다. 이런 방구는 아마 속이 새까맣게 타들어갔기 때문일 것입니다. 그리고 그것은 우리 모두 마찬가지입니다.

오늘부터는 현준이를 위해서라도 잘 먹자고 결의를 했습니다. 현준이를 위해서 준비했던 고기를 아침에 집에서 구워왔습니다. 오랜만에 많이 먹었습니다. 그날 이후 처음으로 집에서 음식을 준비해와서 병원 식당 앞 복도에서 먹는데, 궁색하기 짝이 없습니다. 병원 식당의 음식이 지겨워서 시도를 했는데 영 아닌 것 같습니다. 그냥 다시 병원 구내식당에서 사먹기로 했습니다.

오전 11시, 크리스마스 예배를 갔습니다. 목사님 설교에 눈물이 쏟아집니다.

가슴 안에 물이 고이는 가슴막 삼출액을 빼내려 흉관(chest tube)을 삽입했습니다. 현준이를 보았던 흉부외과 스텝의 장담에도 불구하고 저절로 흡수되기를 바랐던 삼출액은 530cc 정도나 나왔다고 합니다. 그리고 다시 열이 높아지고, 중환자실에서 감염이 되어서 항생제를 바꾸었다고 합니다.

오후 면회 때 이 세상에 태어나서 가장 큰 하나님의 사랑을, 가장 큰 선물을 오늘 크리스마스에 받았습니다. 일주일 동안이나 의식 없이 누워만 있던 현준이가 눈을 반 이상이나 뜨고 나를 쳐다보는 것이었습니다. 정말 너무나 놀라서 뒤로 자빠질 뻔했습니다. 현준이가 엄마, 아빠를 알아보고 깜빡거리며 눈으로 말을 하고 있었습니다. 나의 손도 꼭 잡아주었습니다. 눈에 눈물도 맺혀 있었습니다.

하나님, 너무나 감사합니다. 저는 오늘을 영원히 잊지 못할 것입니다. 이 세상에서 가장 귀한 선물을 하나님께로부터 받은 날이기 때문입니다. 항상 하나님이 저에게 주시는 사랑은 차고 넘칩니다. 우리 현준이는 저의 전부이고, 이 세상 자체입니다. 쓰러졌던 이 세상이 정신을 차렸습니다. 이것은 이번 크리스마스에 하나님이 역사하신 기적입니다. 하나님, 너무나 감사합니다…….

모두들 너무나 좋아하면서 현준이 생일이 하나 더 생겼다고, 다음 크리스마스에는 생일 케이크에 촛불을 하나 켜놓고 축하하자며 신이 났습니다. 현준이 오후 면회를 마치고 병원을 나서는데 눈이 내립니다. 화이트 크리스마스입니다.

눈이 와서 조심스럽게 운전을 하면서 집으로 향했습니다. 거짓말처럼 집으로 다가올수록 눈발이 약해지면서 도로는 말라갑니다. 우리가 이동하는 구간에서는 병원 근처에만 눈이 내렸습니다. 하나님이 우리 가족에게 주신 크리스마스 보너스 선물이었습니다.

집에 와서도 흥분이 되어 좀처럼 잠을 이룰 수 없었습니다.

그래서 TV를 켜니 예전에 봤던 〈러브 액츄얼리〉가 나오고 있
습니다. 현준이가 병상에서 일어나면 함께 이 영화를 다시 봤
으면 합니다.

9 감사합니다 2009.12.26(토)

어젯밤에는 너무 흥분이 되어서 잠을 이룰 수 없었습니다. 하나님이 주신 선물로 가슴이 터질 것 같았습니다. 오늘은 새벽에 깨어나 하나님께 감사 기도를 드리고 현준이 방에서 현준이 사진을 보면서 현준이 생각을 하고 있습니다.

내가 우리 현준이를 얼마나 사랑하는지 이제야 알게 되었습니다. 참 어리석고 우둔한 아빠입니다. 이런 큰일이 생기고서야 현준이가 나의 전부라는 것을 깨닫는다니 말입니다. 그래도 하나님께 감사드립니다. 우리 현준이도 하나님께 기도하는 것을 예전처럼 미안해하지도, 주저하지도 않았으면 합니다. 하나님은 사랑의 하나님이시기 때문입니다. 우리가 한 행동을 보아서는 마땅히 벌을 받아야 할 텐데도, 공의의 하나님은 우리에게 끝까지 사랑을 베푸십니다. 저에게 2009년 12월 25일은 너무나 귀중한 날입니다. 내 전부인 현준이가 일주일 만에 정신을 차리고 이 세상을, 우리 가족을 다시 느끼는 날이었기 때문입니다.

　현준아, 그렇게 힘들었니. 어떻게 일주일이나 잠들어 있었니? 엄마에게, 아빠에게, 누나에게 그렇게 어리광을 부리고 싶었니? 귀여운 현준아, 지금 아침 면회를 기다리고 있단다. 너는 7일 동안 잠들었는지 모르지만, 엄마, 아빠에게는 7년도 더 지난 것 같구나. 그래도 괜찮다. 현준이 네가 일어날 수 있다면. 하나님이, 우리 가족이 얼마나 너를 사랑하는지 네가 느꼈으면 좋겠다. 사랑한다, 현준아.

　그 높은 곳에서 떨어져서도 지금 열심히 숨을 쉬고 있어서,
많이 다친 것에 비해 외상이 별로 없어서,
영국에서 이런 사고가 생기지 않아서,
사고 후에 좋은 병원으로 오게 되어서,
아빠가 도와줄 수 있는 곳에서 다친 것이,
너무나 감사합니다, 하나님.
　우리 현준이의 이름을 기억하시고, 이렇게 많이 사랑하고 계시다는 것을 알게 해주셔서 감사합니다.

10 고마운 사람들 2009.12.26(토)

현준이가 오전 면회에서 어제 저녁처럼 우리 가족을 잘 알아 봤습니다. 사실 감염이 될 수 있는 시기라서 혹시라도 패혈증이 오지 않을까 노심초사했는데, 다행히 열도 어느 정도 떨어지고 있고, 흉관으로 나오는 삼출액 양도 26일 하루 동안에 110cc 정도로 줄어들어 이대로라면 금방 흉관을 뽑을 수 있을 것 같습니다. 현준이는 식은땀을 무척 많이 흘리고 있습니다. 저 땀에 사고 때 상한 장기들의 나쁜 것들이 몸속에서 함께 씻겨 나왔으면 좋겠습니다.

어제 현준이가 아빠를 확실히 알아보고 난 후 너무나 흥분이 되어서 간밤에 좀처럼 잠을 이룰 수 없었습니다. 그래서 많이 피곤합니다. 현민이도 감기 기운이 있는지 중환자 면회대기실 의자에서 심하게 고개를 꾸벅거리며 자고 있습니다. 오늘 아침에는 혹시라도 감기에 걸리면 현준이 면회를 하지 못하게 될까봐 걱정이 많았던 누나입니다.

오후 면회를 했습니다. 이제 의식이 좀 돌아와서인지 많이 아파합니다. 그래서 다시 진통제가 투입되고 있다고 합니다. 엄마 아빠 얼굴을 알아보고는 눈물을 흘립니다. 또 감정이 격해져서 호흡이 많이 빨라졌다가, 울지 말라는 제 말에 반응을 하면서 이내 호흡도 정상이 되었습니다. 엄마 아빠의 손도 꼭 잘 잡아줍니다. 그러나 약 기운 때문인지 이내 눈을 감습니다. 안타까워서 더 이상 눈 뜨고 볼 수가 없습니다. 그래서 현민이와 면회를 교대하기 위해 중환자실을 나왔습니다.

현민이와 교대 후 중환자 면회대기실 앞에 멍하니 기다리고 서 있는데, 오래 전부터 알고 지내는 정형외과 선생님이 마침 그곳을 지나가시다가 나를 알아보고는 부르십니다. 장모님이 위독하셔서 다른 쪽에 있는 중환자실을 가시는 중이시라고 하시면서, 제가 왜 여기 있는지 물으십니다. 현준이의 사정을 들으시고는 잠깐 다녀오시겠다고 하십니다.

면회 후 중환자실 보호자 대기실 밖에서 운전했던 아이의 부모님이 두 번째로 찾아오셔서 이런저런 이야기를 나누고 있는데, 아까 전의 그 정형외과 선생님이 오셔서 나를 불러 중환자실로 다시 들어갔습니다. 먼저 전공이신 척추 부위의 사진을 보시면서, 경추, 요추 골절이 있으나 수술이 필요 없는 상태이고, 신경도 손상이 없으니 천만다행이라고 좋아하십니다. 그리고 대퇴골 두부 골절 부위의 수술 후 상태도 보시고, 수술도 잘 되어 있으니 다리를 당장 움직여도 상관이 없겠다고 하십니다. 그리고 정형외과 당직 선임 레지던트를 불러서 현준이에 대해 정확히 파악해서 보고하고 일반외과 담당 선생에게 현준이 치료에 더 신경을 쓰게 하라고 지시했습니다. 수술을 해주신 선생님께도 전화를 하는데 연결이 잘 되지 않았습니다. 신경외과 선생님도 학교 후배라고 확실히 현준이 치료를 부탁하겠다고 하십니다. 본인도 가족이 아파서 정신이 없으실 텐데, 너무나 고마운 분입니다.

11 기대

아침 면회 때 우리 현준이를 보고 나와서 교회에 갔습니다. 그리고 현준이 엄마는 병원에 가서 헤어지고, 현준이도 좋아하는 신사동 콩나물 해장국으로 현민이와 점심을 먹은 후 집에서 졸고 있었습니다. 문득 눈을 떠보니 창밖으로 눈이 많이 오고 있습니다. 현준이가 사고를 당한 후 7일 만에 눈을 뜨고서 우리 가족을 알아보았던 이틀 전 크리스마스 저녁 때와 마찬가지로 말입니다. 현준이가 더 좋아질 것 같은 예감에 괜시리 기분이 좋아집니다.

현준아, 병상에 누워있으면서도 하나님께 기도해야 한다. 결코 하나님께 기도드리면서 네가 필요할 때에만 기도드린다고 미안해하지 말아라. 왜냐하면 너는 하나님의 사랑하는 자녀이니 말이다. 저 내리는 눈처럼 하나님의 사랑이 너와 함께하시니 두려워하지 말아라. 사랑한다, 현준아.

오늘은 열도 나지 않고, 편안히 잘 자고 있구나. 아침에 MRI를 찍으려고 약으로 너를 재웠다고 하더라. 그런데도 네가 너무 움직여서 머리 부분만 찍고, 목은 찍지 못했다더라. 그래도 흉관에서 나오는 삼출액 양은 많이 줄어들었구나. 고맙다. 잘 견뎌줘서.

다 듣고 있는 거지. 엄마와 누나는 네가 다 듣고 있다고 면회 시간에 이런 저런 이야기를 많이 하더라. 너도 노력해야 한다. 이런 순간에도 최선을 다해야 한다.

현준아, 벌써 사고를 당한 지 열흘째이구나. 이제는 중환자실에서 나올 수 있으면 좋으련만.

크리스마스 연휴를 맞아서 병원에 3일간 출근하지 않고, 현준이를 볼 수 있어서 좋았는데, 오늘부터 출근을 해야 합니다. 현준이가 사고를 당한 후 오전 근무만 하고, 거의 모든 수술은 하지 않고 있지만, 저에게 치료를 받으러 오는 환자들을 마주한다는 것이 부담스럽습니다.

오늘은 가회동집 큰 아드님이 그동안 어떻게 해야 할지 몰라 전화만 했었다며 병원으로 찾아왔습니다. 현준이를 가족이라 생각하고 있으며, 마음이 너무나 아프다고 합니다. 앞으로 우리 현준이를 대학 후배로 더 잘 챙겨주겠다며 위로의 말들을 나누고 돌아갔습니다.

오전 진료를 서둘러 마치고 현준이에게 갔습니다. 오전 면회 때에도 현준이는 마취약 때문에 엄마와 현민이를 잘 알아보지 못했다 합니다. 간절한 마음으로 오후 면회까지 기다린 후 드디어 현준이를 볼 수 있었습니다. 역시 현준이는 마취약 때문에 편안히 자고 있었습니다. 열도 떨어지고, 흉관에서 나오는 삼출액 양도 많이 줄었고, 손발의 움직임도 좋다고 합니다. 그런데 호흡 횟수가 10회입니다. 너무 불안해서 현준 엄마와 계속 자극을 해도 잠시 11회가 됐다가, 이내 10회로 떨어집니다.

어제 현준이 주치의가 되었다는 의사는 현준이가 어디를 다친 건지 제대로 파악도 하지 못한 상태에서 마취약제를 사용하는 것 같아 불안합니다. 어제부터 바뀐 레지던트 1년차 선생님과 현준이의 치료를 담당하고 있는 스텝이 영 못미덥습니다. 그렇게 많은 다른 과 스텝들이 부탁을 했는데, 저런 친구에게 현준이를 맡기다니 말입니다.

면회 후 초조한 마음에 이곳저곳에 전화를 하는데 다들 연결이 잘 되지 않습니다. 다른 대학병원의 마취과장님과 통화가 되어서 여쭤보았더니, 마취과에서도 호흡수가 10회 이하이면 조심스럽게 관찰하는 수준이라고 마취약제의 양을 줄이는 것이 좋겠다고 하십니다. 중환자실에 전화해서 현재 현준이의 호흡수를 물으니 여전히 10회라 합니다.

주치의를 연결해달라고 하니, 잠시 후 간호사에게서 전화가 왔습니다. 마취약제 투여량을 지금보다 반으로 낮추었다고 말입니다. 주치의는 바쁜 모양입니다. 주치의가 중환자실 환자보다 더 급한 환자가 어디 있으며, 환자 상태도 보지 않고 전화로 약의 양을 낮추는 태도는 무엇인지, 내가 누구인지 알면서 일반외과 레지던트 1년차가 어떻게 그렇게 행동하는지 너무나 화가 납니다. 다시 간호사에게 전화해서 주치의를 볼 때까지 중환자실 밖에서 대기하겠다고 했더니, 잠시 후 주치의로부터 전화가 왔습니다. 내가 그 약제를 싫어하는 것 같아서 약의 양을 반으로 줄였다고 말합니다. 저는 그 전화에 대고 싫은 소리를 했습니다. 그동안 불편했던 마음도 함께 말입니다. 25년 이상 선배 의사인 나에게도 이렇게 대하는데 일반인들에게는 오죽할까 하는 생각이 들었습니다.

집으로 돌아오는 길에도 마음이 너무나 무거웠습니다. 집에 와서 한 시간 정도 후에 중환자실에 전화를 했더니 현준이가 아파하지도 않고 호흡수는 16회가 되었답니다. 이제 어느 정도 안심이 됩니다. 그래도 잠은 잘 오지 않습니다.

나는 역시 아닌가 봅니다. 기적의 하나님이 우리 현준이를 기억하시고, 부르시고, 치료의 역사를 하고 계신데 너무 조바심을 내고 있는 것 같습니다. 지금은 의사가 할 수 있는 것이 많지 않은 걸 뻔히 알고 있으면서, 모든 이 세상 원리로부터 자유스러운 우리 하나님의 손이 치료하고 계신 것을 알고 있으면서 말입니다.

하나님, 우리 현준이를 기억하시고, 사랑하시고, 치료의 은사를 주셔서 감사합니다.

13 목 절개 수술을 허락하다 2009.12.29(화)

　현준아, 미안하다. 아빠가 네 목 부위 절개 수술을 허락했단다. 아빠가 아빠 병원에서 여러 의사들과 다른 병원의 의사들과도 상의를 했다. 이제 네가 조금씩 정신이 돌아오고 있어서 사고 이후부터 네 기관지에 꼽혀있는 튜브 자체가 우선 너에게 큰 고통이 될 거라는구나. 게다가 계속 그렇게 가지고 있으면 폐렴 발생 가능성이 높아지지. 지금 너는 너무나 많이 다쳐서 통증이 심하고 숨쉬기 힘들어하기 때문에 계속 마취제를 투여해야 하는데 결국 네가 정신을 차리는 데 도움이 되지 않기 때문이었단다.

　아빠가 아빠 병원에서 너에게 가려는데 정형외과 선생님이 전화를 하셨지. 그 선생님 말씀도 네가 말 잘 듣고 하는데, 너무나 오랫동안 기관지에 튜브를 가지고 있어서 문제가 있는 것 같다고, 기관지절개술을 하는 것이 어떻겠냐고, 또 이비인후과 선생님도 아침에 너를 보고 나와서 같은 의견이었다고 하셨지.

그래서 아빠가 그 선생님께 직접 시술해달라고 부탁을 했지. 네가 좀 더 편안하게 회복되기를 바라는 마음에서였어. 목에 흉은 남을 거다. 하지만 나중에 아빠가 흉제거 수술을 해줄게. 지금은 네가 안전하게 의식을 회복하는 것이 가장 중요한 것 같구나.

흉관에서도 나오는 양이 적어서 일단은 흉관을 막아놓고, 흉곽 내에 물이 다시 차는 걸 관찰한 이후에 제거를 결정한다고 하더라. 이 흉관을 제거하면 많이 편안해질 거다. 그러니 현준아, 힘들더라도 참아라. 아빠가 네 몸에 생긴 흉은 없애줄게. 빨리 깨어나라.

오늘 또 눈이 많이 온다는구나. 네가 처음 의식을 회복했을 때에도 눈이 왔고, 그저께 눈이 많이 왔을 때에도 엄마, 아빠를 알아봤으니, 오늘 눈이 오는 것이 반갑구나. 저녁 면회 때에는 아빠 꼭 알아보고 반갑게 만나자. 우리 현준이, 힘내야 한다. 하나님이 우리 현준이를 기억하시고, 치료의 은사를 내려주시니 감사 기도를 드려라.

오후 5시에 기관지절개술을 하느라 다시 마취를 해서 저녁 면회에서도 엄마 아빠를 잘 알아보지 못하는구나. 그래도 호흡이 한결 편안해졌고, 입에 넣었던 튜브와 기도유지기를 제거하니 훨씬 보기 좋구나. 오늘은 푹 자거라. 내일은 우리 반갑게 다시 만나도록 하자. 신경외과 의사가 아무리 겁을 줘도 겁내지 않는다. 왜냐하면 우리 하나님의 능력의 손으로 현준이를 치유해주시리라 믿기 때문이지. 현준아, 오늘 밤 좋은 꿈 꾸거라.

아빠 환자 중에 모발 이식 수술을 한 후, 모발을 떼어낸 뒷머리 부위에 탈모 현상이 온 분이 계시지. 그 환자분의 모발이 나게 하는 치료 중인데, 일주일 전에 치료를 하다가 네 생각이 갑자기 나서 그 환자 앞에서 울고 말았지. 그런데 그 환자분이 네 사고 소식을 듣고는 오늘 치료를 받으러 오시면서 너의 빠른 쾌유를 비는 화환을 아빠 병원으로 보내셨구나. 고마운 일이지. 이렇게 너도 모르는 많은 사람들이 기도하고 있단다. 힘내라, 내 아들아!

혹시 네가 알아볼 수 있을까 해서 네 친구 중에 하나를 엄마가 불러서 오후 면회 시간에 함께 들어가 너를 만났는데 마취약제 때문인지 친구도 우리도 잘 알아보지 못하고 잠만 자더라. 이렇게 네가 잠만 자는 모습만 보고 오는 날은 힘이 많이 드는구나.

14 희망의 작은 손짓 2009.12.30(수)

현준아, 다쳐서 입원한 지 12일째구나. 어제 기관지절개 수술을 하고 나서 숨도 보다 편안하게 쉬고, 표정도 편안해진 것 같아서 아빠도 마음이 편했다. 그래도 아빠는 네 목에 기관지절개술을 하게 된 게 마음이 아팠지. 나중에 네가 편안하게 호흡을 하게 될 때는 보기 좋게 막으면 되니 너무 걱정하지는 말아라.

아빠는 어젯밤에 거의 한 시간 간격으로 잠에서 깬 것 같구나. 아빠 마음이 혼란스러웠다. 하나님이 우리 현준이를 치료하시고 계신데, 의사들에게 너무 의존했기 때문인 것 같구나. 사람 생사는 하나님의 손에 달려 있는데, 하나님을 전적으로 의존하지 않고, 다른 곳에 의지하게 하려는 약한 마음 때문인 것 같구나. 아침에 엄마와 현민이는 너에게 가서 아빠 혼자서 집에 있게 되었는데, 조용히 앉아서 하나님께 기도드리고 나니 한결 마음이 편안해졌다. 너도 하나님께 기도드려라. 미안해하지 말고.

지금 우리 집 창밖으로는 눈이 내리는구나. 함박눈이 아닌데도 제법 눈이 쌓여서 세상이 하얗게 변해가는구나. 네가 사고 후 처음으로 엄마 아빠를 알아보던 날도 눈이 왔었지. 오늘도 우리 현준이에게 멋진 하루가 될 거다. 가회동에서 쾌유를 비는 꽃을 보내셨구나.

오늘은 오후 4시에 너를 치료하기 위해 중환자실에 갔었단다. 흉관을 뽑은 부위를 스킨스테이플러(skin stapler)라는 기구로 집어놓았다는데, 병원의 허락을 받고 아빠 병원에서 기구와 실을 준비해 가서 아빠가 그곳을 다시 봉합했지. 부분마취제를 주사하고 봉합했지만 아직 정신이 완전히 돌아오지 않아서인지 아파서인지 자꾸 몸을 움직여서 아빠가 애를 많이 먹었지. 그러나 아빠의 마음을 더 아프게 하는 것은 네가 가끔 눈을 뜨고도 아빠를 알아보지 못하는 것이었단다.

하나님이 우리 현준이의 의식을 빨리 돌아오게 해주시리라 믿는다. 너도 누워서 기도하는 거다. 더 열심히 기도해라. 하나님이 우리 현준이를 기억하시고 일으켜세워 주실 거다.

오늘은 열이 있어서 얼굴이 뻘겋구나. 아빠가 봉합을 끝내고 나니 인혜 아빠가 네 수술 부위를 체크하러 오셨다. "현준아,

인혜 아빠다” 하시는데 네가 잘 못 알아보더라. 옆에서 그것을 보고 있는 아빠의 마음은 많이 아팠다. 그래도 어제 기관지절개술 이후에 숨을 편안하게 쉬고, 얼굴도 많이 밝아진 것 같아서 한결 마음이 가볍구나.

현준아, 그렇게 많이 다친 것 치고는 너무나 빨리 낫고 있는 거란다. 그래도 아빠 욕심에 더 빨리 나았으면 한다. 현준아, 크리스마스 다음날 분명히 의식이 있을 때 아빠하고 약속한 것을 기억하지. 빨리 나으려고 네 최선을 다하겠다고 아빠 손을 아빠가 아프도록 꽉 잡았었잖니? 우리 빨리 회복되어서 우리 가족 모두 즐겁게 여행을 다녀오자꾸나.

오후 면회 때 보니 열도 떨어지고 3시간 전보다 많이 편해진 것 같구나. 엄마와 현민이가 계속 말을 시키니 눈을 뜨고 깜빡거리기도 해서 너무나 고맙다. 면회는 한 번에 두 명만 할 수 있으니 아빠가 현민이와 교대하려고 중간에 나올 때, 손을 아빠에게 흔들어줘서 아빠가 중환자실을 나오는 걸음이 너무나 가볍더라. 하나님이 우리 현준이를 빨리 완쾌시켜주실 게다. 우리 아들 힘내라, 사랑한다.

오후 면회를 마치고 나오니, 현민이가 영국에 교환학생으로 가있을 때 너를 만났던 현민이 친구들이 꽃을 사가지고 왔더라. 우리 현준이를 사랑하고 걱정해주는 친구들이 이렇게나 많구나.

15 산소호흡기를 떼다 2009.12.31(목)

현준아, 오늘이 올해 마지막 날이다. 네가 다친 지 벌써 13 일째이고. 네가 다치고 7일 만인 크리스마스 때 엄마 아빠를 알아보는 기적을 봤었지. 아빠의 바람은 오늘 네가 우리 가족을 완전히 알아보고 시선도 좀 더 또렷해져, 하나님의 치유 역사를 체험하며 2009년의 마지막 날을 보냈으면 하는 것이다.

현준아, 하나님이 우리 현준이를 기억하시고 치료해주시는 것은 현준이를 통해서 특별한 메시지를 전달하시려는 걸 거야. 또 우리 현준이를 더 크게 쓰시려는 것일 게다. 아빠는 오늘도 우리 현준이가 또 얼마나 좋아질지 기대가 된다.

참, 아빠가 잘 아는 네팔에 계시던 서상록 선교사님이 계시 잖니? 그 선교사님께 네 기도를 부탁하는 메일을 어제 보냈거든. 요즈음은 필리핀에 계시다는데, 마침 네가 한국에 오기 며칠 전부터 한국에 나와계신다는구나. 아빠가 어제 기도하던 중 갑자기 그 선교사님 생각이 떠올라 이메일을 보냈지. 어제 오

전에 메일을 보냈는데, 밤 10시가 넘어서 선교사님의 전화를
받았단다. 현준이를 위해 최선을 다해 기도해주시고 주위 분들
에게도 기도 제목으로 삼도록 했다고. 선교사님 말씀으로는 본
인에 대한 기도 응답은 좀 늦는데, 주위 사람들에 대한 기도는
하나님께서 즉각즉각 응답해 주시더라고. 그 전화를 듣는 순간
아빠는 하나님 감사합니다, 하는 생각이 들면서 눈물이 나오려
고 하더라. 너도 누워서 열심히 기도하는 거다. 사랑하는 내 아
들아!

　엄마가 오전 면회를 하고 나서 전화를 했는데, 열도 없고 의
식도 어느 정도 회복한 것 같다고, 이젠 산소호흡기 없이 네 스
스로 호흡하고 있다고 하더라. 호흡 횟수가 30회 정도로 조금
빠른 것 외에는 네가 잘 견뎌내고 있다고 신이 나 있는 목소리
더라.
　아빠는 서상록 선교사님 연락을 받고부터 훨씬 마음이 편안
해졌다. 오후 면회가 기다려지는구나. 현준아, 정말 많은 사람
들이 우리 현준이의 쾌유를 위해 기도하고 있단다. 너도 누워
서 하나님께 간절히 기도하기 바란다. 오늘이 2009년 마지막
날인데도 아무런 느낌이 없구나. 아빠 머릿속은 혼돈스러우면
서 온통 네 생각뿐이구나. 현준아, 너는 아빠의 뒤를 이어 우리

집안을 짊어지고 갈 차기 가장이란다. 힘내라. 우리 아들. 빨리 일어나서 예전처럼 우리 가족여행하는 꿈을 그려 본다.

가족이란 이런 것이구나. 네가 다치고서야 비로소 가족이 얼마나 소중한지 더 절실히 느낀다. 아마 엄마나 현민이는 아빠가 의사라서, 아빠 아는 의사들에게 이곳저곳 도움을 청해서 마음이 든든하다고 느낄지 모르지. 그러나 아빠는 네 엄마와 현민이가 혼신을 다해 너를 간호하는 모습과 안타까워하는 마음을 보면서 아빠가 더욱 엄마와 현민이에게 의지하게 되는구나. 아빠도 혼자였다면 너무나 힘이 들었을 거다. 그래도 우리 셋이서 함께하니 힘이 덜 들었던 것 같구나. 가족이란 이렇게 가슴을 같이 아파하는, 그래서 서로에게 힘이 되어 주는 존재들이지. 아빠는 네 사고 이후에 우리 가족이 있었기에 이렇게 버틸 수 있었단다.

16 새해 첫 날 2010.1.1(금)

현준아, 오늘은 2010년 첫 날이다. 아침 면회 때 보니 침대에 반듯이 누워만 있던 네가 처음으로 45도 정도로 비스듬히 누워있었고, 팔다리를 묶어놓았던 억제대들도 풀어놓고, 열도 없고, 대변도 스스로 봤다고 하고, 소변도 잘 나오고, 호흡도 30회 정도로 좀 빠르지만 괜찮고, 기관지절개 부위를 통해 공급하는 산소의 농도도 어제보다 반 이하로 낮추었고, 여러 가지가 많이 좋아졌구나. 이제 정신만 회복되면 되는데. 밤에도 간호사들 말도 잘 듣고 지시사항도 잘 따랐다고 하더라. 다음에는 면회 시간에 네가 깨어있어서 우리를 알아보고 대화도 나누게 되었으면 좋겠구나.

오늘 오후에도 면회를 하고 나왔다. 열도 없고, 호흡은 24회 정도로 많이 안정되었고, 투입하는 산소 농도도 많이 줄였구나. 오전과 마찬가지로 상체도 45도 올려져 침대에 누워있어보다 편안해 보인다. 이젠 의사, 간호사들에게도 반응을 잘 한다니 너무나 고맙구나.

이제 눈을 깜빡이는 걸로 의사소통도 할 수 있게 되어 다행이다. 네가 아빠를 알아보는 것도, 서로 더 힘내서 최선을 다하자는 약속도 네 눈 깜빡임으로 할 수 있구나. 현민이와 면회 교대를 하려고 나간다고 하니 네가 처음으로 손을 흔들어주는데, 아빠는 너무나 행복했다. 아빠에게 안녕 하는 이 작은 손짓에 아빠 마음이 많이 편해졌단다.

오늘도 서상록 선교사님 전화가 왔었다. 너를 위해 기도하시는데 네가 빨리 회복하리라는 확신이 있으셨다고.

하나님 감사합니다. 이렇게 현준이를 기억하시고 치료해주시니 말입니다.

17 눈을 쓸며 2010.1.2(토)

현준아, 오늘이 새해 둘째 날이다. 그리고 네가 다친 지 보름이 되는구나. 많이 다친 데 비해 빨리 회복시켜주시는 하나님께 감사드린다. 그리고 이번 사고 이후에 우리 현준이를 위해 기도하는 분들이 너무나 많음에도 감사하지 않을 수 없다. 그러니, 우리 현준이도 누워서 열심히 기도하고, 또 스스로 병상에서 일어나기 위해 최선을 다해야 한다. 하나님은 게으른 자들을 좋아하지 않으시지. 아빠는 선교사님의 목소리가 계속 귓가에 들리는구나. 너무나 감사하신 하나님이시다. 우리 가족을, 우리 현준이를 얼마나 사랑하시는지 알 수가 있지. 현준아, 사랑하는 내 아들아! 오늘도 하나님께서 너와 우리 가족들을 위해 준비하신 놀라운 일들을 감사드리며 받아들이자.

현준아, 올겨울에는 유난히 눈이 많이 오는구나. 오늘 새벽에도 눈이 오는 듯해서 차에 쌓여있는 눈을 치우러 나갔더니 쓸어내면 금세 또 쌓이고 쌓이고 하는구나. 눈을 치우다가 문득 예전 생각이 나더구나. 너도 기억하지, 눈이 내리면 아빠와 함께 아파트에 쌓인 눈을 치우곤 했던 것을. 아파트 경비아저씨와 아빠, 현준이 그리고 아파트 주민 한두 명 정도였지. 이제는 아파트 경비아저씨만 혼자 눈을 치우시는구나. 우리 현준이가 있으면 아빠와 함께 새벽에 졸린 눈을 비비며 눈을 치울 텐데.

현준아, 빨리 일어나서 함께 예전처럼 눈을 치워보자. 그렇게 눈을 함께 치웠던 기억도 얼마나 고마운 일이었는지 이제야 깨닫고 있단다. 다른 사람들 눈에 띄는 거창한 일을 하기보다는 이렇게 우리가 살고 있는 집 앞에 쌓인 눈을 치우는 것이 여러 사람들이 모여 함께하는 사회생활에 더 필요한 일이라고 아빠는 생각한다.

우리 현준이 힘내라. 그래서 올 겨울에 또 눈이 오면 함께 눈을 치워보자꾸나. 아빠는 그런 날이 빨리 오기를 설레는 마음으로 기다리마. 사랑하는 내 아들아!

오늘 오전 면회 때는 네가 정신이 많이 돌아온 듯 보였고, 비록 세 숟가락 정도였다지만 처음으로 요플레를 먹기도 했다지. 엄마에게는 말하지 않았지만 아빠는 오후 면회 때를 기대했었는데 우리 현준이는 자꾸 잠만 자려고 하면서 오전보다 덜 집중하는 것 같아서 아빠가 조금 힘이 빠지더라.

그래, 너무 여러 곳을 다쳐서 많이 아프고 피곤하겠지. 그러나 이제 다치고 보름이 지났단다. 이제는 너도 아빠와 약속한 것처럼 최선을 다해 병상에서 일어나려고 노력해야 한다. 괜한 짜증이 생겨서 힘도 빠졌지만, 우리 현준이를 생각하며 집에 와서 저녁을 많이 먹었단다. 우리 현준이도 오늘 밤에 푹 자고 우리 내일 더 맑은 정신으로 얼굴을 마주 보자. 사랑한다. 내 아들아! 힘내는 거다.

18 중환자 면회대기실

새벽부터 일어나서 기도를 하고 밤새 화장실로 옮겼던 화초들을 제자리에 옮겨놓았다. 창밖으로 남산 쪽을 바라보니 밖의 세상은 너무나 한가롭구나. 눈도 여러 차례 와서 쌓인 눈이 아직도 남아있구나. 오늘이 영하 10도라고 하던데, 추워져서인지 새벽 운동을 하는 사람들도 보이지 않는구나.

병상에만 누워있으니 얼마나 답답하겠니? 또 그렇게 여러 군데를 다쳤으니 얼마나 아프겠니? 현준아, 그런 시련들을 잘 이겨내고 있어서 너무나 감사하단다. 하나님께서 우리 현준이를 크게 쓰시려고 이런 특별한 일들을 예비하신 줄 믿는다. 우리 현준이의 이름을 기억하시고 사랑하시는 하나님께서 우리 현준이를 일으켜 세워주실 게다. 오늘도 하나님께서 우리 현준이를 지켜주고 계신다.

집에서 병원으로 가려면 네가 사고를 당한 그곳을 어쩔 수 없이 지나야 한다. 사고 다음 날 아빠가 차를 그곳에 세우려하자 현민이가 그냥 가자고 울며 소리를 질러서 아빠도 눈물을 흘리며 그곳을 그냥 지나갔지. 아빠는 가족들 모르게 병원과 집을 오갈 때 그곳을 보며 지나다녔다. 오늘이 사고 후 16일째 인데도 아직도 엉성하게 가드레일만 쳐놓고 보수 공사를 하지 않았구나. 빨리 공사를 해서 다른 사람들이 또 다른 사고를 당하지 않았으면 좋으련만.

중환자 면회대기실은 항상 사연 있는 가족들로 북적이지만 대부분 오래 있지 않는 편이지. 이제 오신 지 15개월이 되었다는 포항 할머니 한두 분과 함께 우리 가족이 어느새 중환자 면회실의 고참이 되었구나. 네가 빨리 털고 일어나서 이 중환자 면회실을 벗어나는 날이 언제나 올 수 있을까. 현준아, 아빠와 한 약속 잊지 않았지? 힘을 내서 병상에서 일어나기로 한 약속을…….

중환자 면회실에서는 할 수 있는 것이 아무것도 없다. 하루 종일 멍하니 있는 것밖에는 아무리 시간이 많아도 그 어떤 것에도 집중할 수도 없지. TV를 봐도 짜증이 나고, 하루 종일 침울해 하다가 때때로 울기도 하고, 또 간간이 하나님께 기도도 드리고. 그리고 물론 네 걱정에 바쁜 시간을 쪼개서 오신 분들이시긴 하지만, 사실 문병객들에게 일일이 네가 당한 사고를

처음부터 설명해드리고 지금까지 네 치료 경과를 말하는 것도
굉장히 괴로운 일이지.

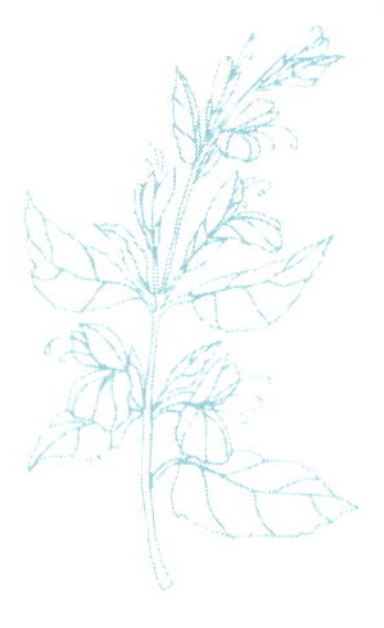

처음부터 설명해드리고 지금까지 네 치료 경과를 말하는 것도
굉장히 괴로운 일이지.

19 의사의 직분 2010.1.3(일)

오후 면회 때 너를 만나보니 아빠가 신이 나는구나. 엄마 아빠도 잘 알아보고, 작년에 가족여행 갔던 사진을 보여주니 그것도 알겠다고 눈을 깜빡이니 너무 기분이 좋아 마음이 들뜨더라. 현민이와 면회 교대를 하려고 나갈 때는 여태껏 보지 못했던 정확한 손짓으로 안녕 하는데, 사실 네가 아기였을 때 아빠 안녕하면서 흔들었던 그 손짓이 기억나더구나. 거의 20년이 지난 지금 똑같은 손짓에 아빠는 너무나 행복하단다.

감사합니다. 하나님. 너무나 가슴이 뿌듯해집니다. 가슴이 한결 가볍습니다. 우리 현준이가 너무나 좋아지고 있다고 큰소리로 외치고 싶습니다. 너무나 행복한 밤입니다. 나는 이 세상이 무너져 없어진 줄 알았는데, 이 세상은 그대로 있었습니다. 너무나 감사합니다.

오늘부터는 모든 항생제도 끊고, 산소 공급을 하지 않아도 될 정도로 호흡도 안정되었습니다. 어제 요구르트를 조금 먹여보았으나, 아직은 입으로 먹을 상태는 아닌 것 같습니다. 코로 많이 들어갔던지 조금 토했다고 합니다. 덕분에 오랜만에 목욕도 했다고 합니다. 얼마 만에 하는 목욕이겠습니까? 얼마나 시원했을까요? 중환자실에서 시원하게 목욕을 할 수 있는 호사를 누렸다니 제 몸이 다 시원해지는 기분입니다.

의사라는 직업은 환자들에게 직접적으로 치료를 해서 그 환자가 좋아지는 모습을 볼 수 있는 보람이 있는 반면, 의사가 실수를 하는 경우에는 의사가 아닌 환자에게 나쁜 결과가 나타난다는 것이 치명적이라고 생각합니다. 세상의 모든 일들은 자신이 잘못을 하게 되면, 그 결과도 자신에게 돌아오게 돼있는데 말입니다. 예를 들어서 오른쪽 다리를 수술해야 하는데, 멀쩡한 왼쪽 다리를 수술하는 경우 이에 따르는 모든 고통은 환자가 짊어지게 마련입니다. 물론 잘못한 의사는 경제적인 피해보상으로 책임을 지게 되지만, 그렇게 아무리 많은 돈으로 보상을 한다고 해도 환자의 상처 받은 몸과 마음을 원래 상태로 돌려놓을 수 있겠습니까?

저는 이런 상황에서 저의 정신을 우리 현준이 이외에 어떤 것에도 집중할 수 없습니다. 그래서 현준이가 사고를 당한 이후에 가능한 모든 수술을 취소했습니다. 저에게 수술을 믿고 맡긴 환자들에게 최선을 다할 수 없기에 제 양심상 스스로 수술을 하는 것을 허락할 수 없었습니다. 그러나 내일부터는 저에게 맡겨진 제 직분을 어느 정도 수행하려 합니다. 아마도 현준이가 그런 아빠의 모습을 기대할 것이라고 믿기 때문입니다.

20 희미한 미소 2010.1.4(월)

현준아, 올해는 눈이 유난히 많이 오는구나. 오늘은 새벽부터 정말 눈이 펑펑 내리더니, 몇 년 만에 눈에 발이 빠질 정도로 많이 오는구나. 엄마와 현민이를 위해 차에 쌓인 눈을 열 번도 더 치웠는데도 눈을 쓸고 나면 바로 눈이 쌓이는구나. 서울에는 기상 관측 이래 하루에 가장 많은 눈이 온 날이라는데, 엄마와 현민이가 네 면회를 위해 새벽같이 집을 나서는 게 많이 불안했지. 계속 내리는 눈 때문에 지하철을 타고 가겠다고 해서 안심을 하고 아빠도 버스로 출근하는데, 정말 그 짧은 거리에서 차들이 길에서 오도 가도 못하고 줄지어 서있더구나. 운전자들은 보이지도 않았다. 차를 버리고 그냥 자기 갈 길을 간 것이지. 이런 날은 차를 가지고 나오면 안 되는 데 말이다. 어쨌거나 아빠는 버스로 편안히 출근을 했지. 또 엄마도 네가 있는 병원에 잘 도착했다고 하니 안심이 되더구나.

아빠는 펑펑 내리는 눈을 보면서 기분이 좋았단다. 네가 많이 회복될 때마다 눈이 왔었거든. 오늘도 눈이 이렇게 많이 오는 것을 보니, 네가 훨씬 좋아질 것 같은 느낌이구나. 하나님이 우리 가족에게 주시는 귀한 선물인 행복한 눈이지.

현준아, 눈이 너무 많이 와서 불편하지만, 세상은 너무나 아름답구나. 우리 현준이에게 이 멋진 경치를 보여주고 싶은데 그럴 수가 없는 것이 안타깝구나. 아빠는 지금 네 사고 후 처음으로 오후 근무를 하고 있는데, 마음은 온통 너에게로 가 있다. 빨리 네 곁으로 가고 싶구나. 보고 싶다. 내 아들아!

그런데 너는 어젯밤에 잘 자지 못했니? 오전 면회 시간 내내 잠만 자고 있어서, 엄마와 현민이가 조금은 실망한 눈치더라. 현준아, 우리 오후 면회 때는 반갑게 인사했으면 좋겠다. 어제 웃으라고 하니 입을 양쪽으로 벌렸다고 엄마와 현민이가 너무나 좋아했었거든. 오늘 오후 면회 때도 우리 현준이가 뭔가를 보여주리라 믿는다.

오늘처럼 눈이 많이 와서 교통이 엉망인데도 불구하고 서상록 선교사님이 병원으로 너를 만나러 오셨단다. 그리고 중환자실에 가셔서 너를 위해 기도를 해주셨지. 선교사님 말씀이 중환자실에 들어가 너를 처음 봤을 때도, 기도하고 나서도 마음이 많이 편안하시다고 하나님께서 기도 응답을 빨리 하실 것 같은 느낌이셨다고 하는구나.

　그러고 나서 오후 면회를 기다리고 있는데, 아빠 친구가 또 네 걱정이 되어서 그 눈을 뚫고 오셨구나. 인혜 아빠는 바쁜 와중에도 너의 앞으로 치료 계획을 짜시느라 분주하시고, 정형외과 선생님도 네가 걱정이 되어서 수술을 마치시고 바로 너를 보러 오셨지. 그리고 이비인후과 선생님들도 다들 오셔서 너를 보고 많이 좋아졌다고 하셨지. 그래서 내일 중환자실에서 나와 일반병실로 옮기기로 결정을 했단다.

　오늘은 우리 현준이가 많이 피곤한지 오전에 이어 오후에도 잠을 자는구나. 그래도 틈틈이 엄마 아빠에게 반응해주고, 의사표현도 하고, 아빠가 간다니 손으로 안녕도 했지. 내일부터는 우리 하루 종일 같이 있으면서 네 기억을 찾아가는 거다. 그러니 하루만 더 견뎌주렴.

21 희망을 꿈꿔라 2010.1.5(화)

현준아, 중환자실에서 잘 참아줘서 고맙구나. 너를 둘러싼 쉼 없이 소음을 울려대는 이 수많은 기계들 속에서, 자주 너를 깨워서 귀찮게, 혹은 고통스럽게까지 네 상태를 확인하고 처치했던 낯선 간호사들 속에서, 네가 누워서도 다 듣고 있는 것도 (아빠는 그렇게 확신하고 있는데) 모르는 채 너의 상태에 대해 고개를 흔들면서 여러 가지 어려운 상황들을 기계적으로 말하던 무표정한 의사들 속에서, 하루에도 몇 번씩 해대는 여러 가지 고통스러운 검사들 속에서, 또 검사를 하는데 네가 움직인다고 수시로 마취약제를 투여해서 네가 정신이 들만 하면 빠져버리는 잠의 나락 속에서, 다친 몸의 구석구석에서 뿜어나오는 참기 힘든 고통들 속에서……

네가 태어나서 처음으로 겪는 이런 정말 이상한 환경에서 잘 견뎌주었구나. 오늘부터는 우리 가족과 함께 네가 잠깐 잊어버린 기억들을 생각해내는 즐거운 일을 함께할 수 있지. 내일부터는 하루에 30분씩 두 번의 면회 시간이 아니라 하루 종일 가족과 함께 할 수 있단다. 우리 현준이는 여태까지 그래 왔듯이, 앞으로도 더 잘 해낼 수 있는 거지? 우리 하나님께 기도하며 이런 일들을 이겨내도록 하자. 모든 것을 다 떠나서 네가 살아서 숨 쉬고 있어서 아빠는 너무나 행복하구나.

사랑한다. 내 아들아! 아빠가 이 세상에서 가장 잘한 일이 우리 현준이를 이 세상에 나오게 한 것이고, 아빠가 이 세상을 살아가는 가장 큰 이유가 바로 너 현준이 때문이라고 말했었지. 그러니까 아빠가 이 세상을 더 잘 살 수 있게 네가 도와줘야 하는 거다.

가족이란 한 팀이지. 엄마와 현민이와 아빠와 현준이는 한 팀이란다. 잠깐 네가 담당하고 있는 바퀴가 약해져서 우리 집이라는 수레가 뒤뚱거리고 있는 것이지. 그리고 네가 그 바퀴를 수리하는 동안에 우리 셋이서 균형을 잡으려 조금씩 더 힘을 보태고 있단다. 그러나 곧 다시 우리 집이라는 수레는 균형을 잘 잡고 굴러갈 수 있을 거다. 누워서도 걱정하지 말아라. 하나님께서 우리 현준이의 이름을 기억하시고, 살아계셔서 지금도 역사하시는 하나님이심을 보여주고 계시잖니? 우리 아들, 더 힘내는 거다. 아빠는 벌써 우리 현준이가 깨어나서 우리 가족들이 함께 여행을 함께하는 즐거운 시간을 꿈꾸고 있단다.

아빠가 여러 번 말했지. 꿈꾸는 자만이 그 꿈을 이룰 수 있다
고. 너도 누워서 다가오는 즐거운 날들을 꿈꾸기 바란다.

Chapter 2

현준이와의
특별한 여행

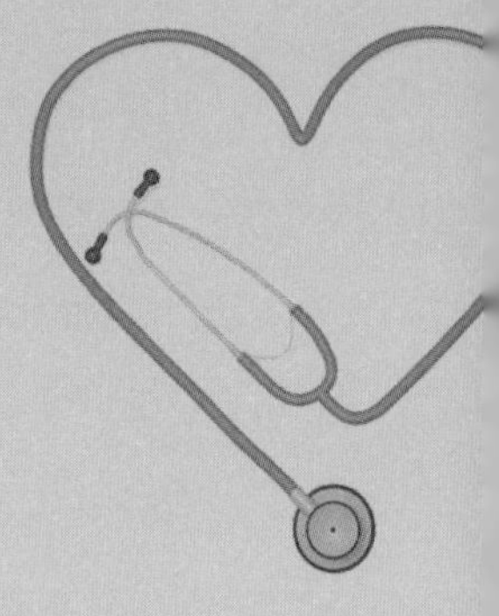

우리 현준이가 이런 사소한 하나하나에서도 살아있음을 감사하는 순간순간이 되었으면 좋겠구나. 아빠는 너의 모습을 보면서 너무나 감사했단다. 걱정하지 말고 조급해하지도 말아라. 너는 지금 그동안 너무 쉬지 않고 앞만 보고 살아서 하나님이 휴식시간을 주신 거란다. 또 앞으로 다시 태어난 네 삶을 어떻게 살아갈지 생각을 가다듬는 귀중한 시간을 주신 것이지.

22 드디어 일반병실로 2010.1.5(화)

현준아, 오늘 드디어 중환자실에서 나와서 일반병실로 왔구나. 오늘부터 너를 치료하는 과가 일반외과에서 정형외과로 전과가 되었단다. 아빠는 오늘 네가 중환자실에서 나올 시간에 퇴근했단다.

일반병실로 나오자마자 네 기억이 많이 돌아온 것 같구나. 이젠 두 손으로 네 의사표현도 하고, 웃어보라고 하면 얼굴에 네 트레이드 마크인 살인미소도 보여주고, 우리가 하는 말을 알아듣겠다고 고개도 끄덕거리고, 이젠 거의 모든 것을 알아듣고 표현하는구나. 또 일반병실로 온 것을 축하하는 할아버지, 할머니, 외할머니, 이모들, 고모의 전화 목소리도 모두 알아듣는구나.

그런 너의 모습을 하루 종일 옆에서 보면서 엄마, 현민이와 아빠는 너무나 행복했단다. 네가 다치고 나서 오늘처럼 웃어보기는 처음이지. 사실 어쩌면 아빠는 다시는 이렇게 웃지 못할 수도 있다고 생각했었지.

그러다가 너희 학교 친구들이 면회를 왔는데, 그 친구들이 병실을 들어서자마자 네 눈이 그렇게 커지는 것은 다치고 처음 보았다. 그리고는 그 친구들을 알아보고는 악수도 하고, 하이 파이브도 하고, 가장 최근에 그 친구와 여행했던 에든버러에서의 일들을 모두 기억하고 있었지. 그런 모습을 보면서 너무나 행복하고 기쁘더라. 친구들이 가기 전에 엄마에게 친구들 저녁을 사주라고 표현도 하고. 그렇게 그 친구들은 이번 주에 다시 오기로 하고 갔지.

일반병실에 있으니 네가 호흡하면서 가끔 가래가 많아져서 괴로워하는 모습을 보는 것이 안타깝구나. 그러다가 기관지절개가 된 부위로 흡입이라도 하면 힘들어서 온몸에 식은땀을 흘리다가 이내 진이 빠져버려서 축 늘어진 네 모습을 보는 것이 안쓰럽구나.

그러나 점점 좋아지겠지. 아빠는 "우리 현준이가 누구 아들이지" 하고 물어보면 아빠 아들이라고 아빠를 손으로 가리키고, 아빠를 사랑한다고 두 손을 모아 하트 모양을 만들어 보여주었을 때, 정말 날아갈 정도로 기분이 좋았단다. 그래, 지금처럼만 하면 금세 일어날 수 있을 게다. 너는 할 수 있어. 하나님께서 함께하시는 걸 항상 기억하거라. 오늘 밤에는 잠에서 깨어나도 엄마가 바로 옆에 너와 함께 있단다. 걱정 말고 푹 자거라. 우리 가족들과 함께 말이다.

23 그분만의 방법으로 2010.1.6(수)

현준아, 새벽에 가래 때문에 조금 고생한 것만 빼고는 어젯밤에 잘 잤다며? 엄마도 비교적 잘 잔 것 같구나. 자다가 깨어도 가족이 있으니 안심이 되지? 어젯밤에는 엄마가 계속 지키고 있었으니 얼마나 안심이 되고 마음이 편했겠니.

오늘은 일반병실로 나온 지 이틀째구나. 아침부터 네 대퇴골 수술 부위에 대한 상태 체크를 위해 동위원소 검사를 한다고 하더라. 이 검사는 아프지 않으니 걱정 말아라. 수술한 부위의 혈액 순환이 어떤지, 수술한 주위에 뼈가 자라는지 체크하는 것이란다. 하나님께서 함께하시니 걱정하지 말아라.

아빠는 오늘 오전 근무여서 오후에 엄마와 교대하기로 했지. 아빠는 지금 아침 10시인데도 벌써 마음은 너에게로 달려가 있단다. 오늘도 힘을 내자. 허리에 대는 브레이스도 도착했다니, 오후에는 브레이스 착용하고 휠체어를 타고 병실 복도라도 아빠와 다녀보자. 아직 눈이 많이 쌓여 있어 경치가 좋단다.

12시에 퇴근하고 너에게 갔더니, 오전의 여러 가지 검사로 피곤해 보이더라. 가회동에서 정말 귀한 것이라며 현준이에게 꼭 먹이라고 웅담을 보내오셨구나. 네가 입으로 음식을 먹게 되면 꼭 주려고 한다. 또 서상록 선교사님이 오셔서 기도를 해 주시고 가셨지. 그리고 네가 중환자실에 있을 때 한 번 다녀갔던 네 친구들이 왔었는데, 네가 어제보다는 피곤했는지 친구들과 많이 어울리지 못했다고 하는구나.

참, 잠깐이나마 휠체어를 타고 병원 앞 눈 쌓인 전경과 테크노마트가 보이는 한강 경치를 병실 복도에서 보고 왔지. 병실이 9층이어서 경치가 좋거든. 오늘도 아빠를 보면서 몇 번씩 웃어주기도 하고 하이파이브도 했지만 역시 어제보다는 피곤해보이는구나.

오늘 처음으로 밤에 너를 간병할 간병인 아줌마가 오셨지. 그분과 교대를 하고 가려는데 네가 엄마를 집에 가지 말라고 해서 우리만 집으로 왔지. 너랑 같이 있을 줄 알았던 엄마가 밤 늦게 돌아왔더구나. 그런데 넌 엄마 보고 가지 말라고 해놓고 우리가 가고 나서는 쿨쿨 잠만 잤다며?

오늘 인혜 아빠가 수술 결과 사진을 보여주며 걱정을 하시는데, 신경외과 교수님의 말을 흘렸듯이 그냥 흘려들으려 합니다. 오직 이젠 믿고 의지하실 분은 하나님이십니다. 현준이가 다치고 처음에 신경외과 교수님의 이야기를 듣고는 기분이 상했지만 하나님께서는 그와 상관없이 사고를 당한 지 일주일 만에 우리 가족들을 알아보게 하시고, 며칠 전부터는 다른 가족들도, 친구들도 알아보고, 그리고 자기 의사를 표현할 수 있게 하셨습니다. 그 높은 곳에서 떨어졌는데도 별 외상 없이 우리 현준이를 기억하시고 살려주신 주님께서는 인간들이 이해하지 못하는 방법을 통해서 치유해주실 것입니다. 이런 살아계신 하나님께 우리 현준이를 맡기고 감사할 수밖에 없습니다. 우리 현준이를 불쌍히 여기시고 완치시켜 주십시오.

24 차츰, 조금씩, 천천히 2010.1.7(목)

오늘은 현준이 너에게 빨리 가고 싶은데, 아빠 병원에 일이 많구나. 사실 점심시간 후에 곧장 너에게 가려 했는데, 실은 오후에 수술 예약이 되어 있는 환자가 계신 걸 잊고 있었지. 퇴근하려고 옷을 갈아입고 있는데, 간호사가 수술할 환자분이 오셨다고 해서 깜짝 놀랐다. 이렇게 아빠가 요새 넋이 빠져 있지.

사실 아빠 환자들에게는 미안하단다. 그렇지만 아빠의 모든 정신이 너에게로 가있는데, 어떻게 아빠 수술에 정신을 집중할 수 있겠니?

오후 5시가 되어서야 도착하니 네가 엄마를 하루 종일 힘들게 해서 엄마가 녹초가 됐다고 하더라. 어제 설명을 들은 대퇴골 수술 부위에 생겨난 뼈 조각들의 생성을 완화시키기 위해 방사선 종양학과에 내려와서 치료를 기다리고 있더구나. 엄마는 네가 재활의학과에서 검사할 때도 많이 움직이고 협조가 잘 되지 않아 많이 힘들었다고 속상해하더라. 하여튼 방사선

종양학과 교수님의 자상한 설명을 듣고 치료를 잘 끝냈다고
하더구나.

아빠를 보고 싶었냐고, 빨리 낫게 더 노력할 거냐고, 반드시
치료될 터이니 걱정하지 말라고, 지금 말을 하지 못하는 것은
기관지를 열어놓아서이니 걱정하지 말라는 등등의 말을 너는
다 알아들었지. 네가 눈을 깜빡이고 아빠의 손을 꼭 잡아줘서
아빠는 행복했다.

저녁 때 네가 중환자실에 있을 때 왔었던 친구들이 오니 다
시 네 눈이 눈을 크게 뜨고 반가워하는구나. 그 친구들이 사진
을 보여주니 모두 알아보겠다고 반응도 잘하고……. 그런 모습
을 옆에서 보고 있으니 힘이 나는구나. 더 편안하게 이야기를
나누라고 현민이와 아빠는 복도로 나가서 자리를 비켜줬지. 많
은 이야기들을 나누었니? 현민이와는 네가 가족보다 친구들이
더 좋은 모양이라고 약간 질투를 했단다.

하루 종일 힘들었는지 밤 9시부터는 숨소리도 편안하게 잘
자는구나. 그런 모습을 보고 있으니 아빠 마음이 너무나 편안
하구나. 그래, 그렇게 조금만 더 힘을 내는 거다. 그리고 두 손
주먹을 힘껏 쥐었다가 활짝 펴는 연습도 아빠와 함께 계속하는
거다. 침 삼키는 연습도 자주해서 침이 기도로 넘어가서 사레
들리지 않도록 하자꾸나. 눈을 떴을 때에는 멍하니 천장만 보

지 말고 사람들을 바라보면서 눈의 초점도 맞추도록 하자. 할 일이 많구나. 하지만 우선 오늘은 편안히 자는 거다.

오늘 네 몸무게를 쟀더니 57.8kg이라고 하더라. 키는 180cm가 넘는 너에게는 침대가 너무 작아서 네 몸이 조금만 아래로 내려와도 다리를 다 펴지 못하는 형편인데, 몸무게는 겨우 그 정도라니 너무나 말랐구나. 그러나 병상에서 일어나고 나서 잘 먹으면 몸무게는 금세 늘어날 테니 신경 쓰지 말아라.

중환자실에서 나와서 네 옆에 하루 종일 같이 있으니 알게 되었는데, 중환자실의 간호사들이 말하던 가끔씩 침대에서 자다가 소스라치며 깨어나는 증세가 아직 남아있구나. 이럴 땐 눈의 초점도 멍해져 있던데, 아마도 외상 후 정신증세나 망상 (delusion) 증세이거나, 아니면 가끔 무서운 꿈을 꾸는 게 아닌지 모르겠다. 그러나 이런 증상도 네가 처음 중환자실에서 나왔을 때보다는 많이 줄어들었다. 정말 감사한 일이지. 앞으로는 이것도 없어질 게다.

25 마치 네가 아기였던 그때처럼

2010.1.8(금)

　오늘은 아빠가 병원에서 너무나 바빴다. 그래도 환자들을 보는 중간중간에 네 사고 후부터 틈틈이 메모를 했던 것들을 정리했지. 15년 전에 미국에서 오셔서 수술을 받으셨던 분이 또 다른 치료를 위해 오늘 도착해서 아빠가 있는 곳을 수소문해서 오셨지. 아빠가 수술을 했는데, 예전 수술 흔적을 전혀 찾아볼 수 없었단다. 의사는 이럴 때 보람을 느낀다.

　현준이가 입원하고 아빠 병원에서 5시가 넘어서 퇴근하기는 처음이구나. 그런데 오전에 기관지절개술 후 넣어 두었던 튜브가 막혀서 30분 정도 고생을 했다고 하더라. 보통 사람들도 사래가 잠깐 들어도 힘이 많이 드는데, 30분간이나 그랬다니 얼마나 힘들었니. 몇 시간 동안이나 식은땀을 흘렸다고 하더라. 진이 다 빠졌을 게다.

　아빠가 병원에 도착하니 네가 물리치료를 받으러 갔다며 병실에 없구나. 곧 네가 다시 병실로 돌아왔는데, 재활치료에 협조가 잘 되지 않아서 그냥 왔다더라. 네 모습이 안쓰러웠는지 엄마와 현민이가 연신 눈물을 훔치는구나. 잠이 들어서도 자꾸 소스라치며 깨어나던데, 아마도 무서운 꿈을 꾸는 모양이다.

며칠 전에 왔던 대학 친구 두 명이 부모님과 함께 다시 병문안을 왔구나. 내일 다시 영국으로 돌아가야 하기 때문이지. 너의 영국 집 열쇠와 휴학 처리를 부탁했단다. 네 친구들은 학교로 가는데 현준이는 병실에 남아있다고 엄마와 현민이는 또 다시 눈물을 흘리는구나. 우리 현준이도 원래 내일 비행기로 예약이 되어 있었는데 말이다.

그래도 재활치료실에서 돌아와서 다시 코에 튜브를 넣을 때 많이 불편해하더니 이내 잠도 잘 자고, 또 깨어나서는 아빠와 여러 이야기도 나누었지. 또 3일 동안 변을 보지 못해서 내일은 관장을 하려 했는데, 다행히 몇 번의 방귀와 함께 변도 보았구나. 네가 아기 때 변을 치워보고는 정말 오랜만이라 참 즐거웠다. 이건 장운동이 좋다는 의미이기 때문이지. 네 몸에 묻은 변을 치우고 씻어주고, 침대보부터 옷 전부를 갈아주니 편안한 듯 다시 잠이 드는구나.

사람이 변까지도 자기 마음대로 하지 못하고 주위 사람들의 도움을 받아야 한다는 것은 사람으로서 낮아질 수 있는 가장 낮은 자리까지 간 것이라 아빠는 생각한다. 현준아, 너는 더 이상 낮아질 수 없는 맨 밑바닥에 있단다. 그 의미는 이제는 올라가는 것만 남았다는 말이다.

저녁 8시쯤 서상록 선교사님께서 방금 통영에 도착하셨다며, 네 상태를 물으시는구나. 그리고는 현준이는 분명히 좋아진다고 감사기도만 하라고 하셨고, 네게 전화로 기도를 해주셨지. 하나님, 감사합니다.

엄마는 네가 안쓰럽다고, 오늘 밤에는 간병인을 오지 말라고 했다며 오늘 밤에는 너와 함께 있겠다고 하는구나. 오늘 이런저런 일들로 엄마와 네가 힘들어 보이는구나. 그래도 밤에 함께 있어야 마음이 놓이겠다며 엄마는 고집을 피웠다. 사실 오늘 아침에 병원에 오니 현준이 네 눈이 뻘겋게 충혈이 되어서 밤새 힘들어보였기 때문에 더 찜찜해서 그러는 것 같구나. 사실 아빠도 간병인이 마음에 들지 않거든.

현준아, 오늘 밤에는 엄마와 더 편안히 잘 자라.

26 가족이라는 환상의 드림팀 2010.1.9(토)

현준아, 어젯밤에는 자주 침대에서 일어나 앉아있었다며? 잠을 충분히 자지 못해 많이 피곤하겠다. 덕분에 엄마도 밤에 거의 자지 못한 것 같더라. 아빠가 퇴근 후 너에게 오니 눈을 크게 뜨고 아빠를 반갑게 맞아주는구나. 그리고 어제 연습한 침 삼키는 연습, 아이우에오 하는 발성 연습도 잘 따라하고, 아빠가 웃으라고 하니 웃어주기도 잘하고, 너무나 고맙다.

밤샘을 한 엄마를 집으로 보내고 현준이 너와 둘이서 있으니 한가롭고 좋구나. 꼭 현준이 너와 둘이서 7대 불가사의를 여행했던 그때의 느낌도 들고, 우리 가끔 가는 콘도에 와있는 느낌도 든다. 너무나 편안하게 잘 자고 있는 모습이, 참 감사하구나. 사실 네가 살아서 숨 쉬고 있는 것도 감사한데, 네가 하는 어떤 것도 감사하지 않을 것이 있겠니?

오랜만에 우리 둘이서 있으니 너도 좋니? 잠을 자다가도 혹시 곁에 가족이 없을까 불안한지 자주 눈을 뜨고 확인을 하는 네 모습도 귀엽고, 그래서 졸린 눈을 떴을 때 얼굴에 손을 대주 면서 "아빠 여기 있으니 안심하고 자라"고 말하면 이내 눈을 감고 편안하게 자는 게 꼭 네가 아기였을 때 같구나. 그렇게 자 다가 가끔씩 깨었을 때 아빠가 많이 사랑한다고 말을 하면 눈 을 여러 번 깜빡거려서 현준이도 잘 알고 있다고 의사표현을 하는구나.

오늘도 눈이 내려서 창밖의 세상이 하얗게 변해버렸다. 땀을 많이 흘려서 축축이 젖은 베갯잇과 침대시트, 옷을 갈아입히니 아주 편안해보이는구나. 머리카락 속도 축축이 젖어서 부채질 을 해주니 시원해서 좋다고 표현을 하는구나. 네가 많이 좋아 진 모습을 보고 있으니 아빠는 오늘 너무나 마음이 편안하다. 현민이는 3주 동안이나 네 간호를 하느라 지쳤는지 피곤해하 며 아침에 일어나지를 못하는구나. 정말 현민이가 네 간호에 최선을 다했거든. 오늘은 너무 피곤해서 처음으로 너를 보러오 지 못했다. 또 감기기운이 있는 것 같기도 하구나.

현준아, 지난 3주 동안 우리 가족은 서로 호흡이 잘 맞는 팀 이라는 걸 확인하는 시간을 가졌던 것 같다. 우리는 함께 우리 집이라는 수레바퀴를 잘 굴려왔단다. 바로 이런 것이 가족이 지. 우리 가족은 이번 일을 통해서 환상의 드림팀이 될 거다.

예전에 아빠의 뒤를 이어 우리 집안을 이끌어 갈 차기 가장은
바로 현준이 너라고 힘 있게 손가락으로 스스로를 가리키던 네
모습이 떠올라 아빠 마음이 든든하구나. 사랑한다. 내 아들아!

27 다행이다 2010.1.10(일)

오늘 새벽에 엄마를 병원으로 데려다주러 가는 길에 네 사고 현장을 지나는데 문득 이런 생각이 들더라. 우리 현준이는 지금 여러 군데를 다쳐서 너무나 많이 아플 텐데……. 현준이 너를 간호한다는 미명 아래 네가 좋아지고 있는 모습을 끊임없이 확인해보려는 의심증 환자처럼, 또 힘들게 간호하고 있는 것에 대한 보상을 현준이 너에게 받아내려는 이해타산 밝은 사채업자처럼, 현준이 네가 지금 아플 수 밖에 없는 상황도 무시한 채 그것도 아빠라는 사람이, 그것도 직업이 의사라는 사람이 수시로 웃어 보라고 강요를 하고, 웃지 않으면 웃을 때까지 집요하게 요구를 해서 입을 움직여 힘들게 웃음을 보여야 그것을 보면서 기뻐하고 했던 행동이 너에게 너무나 미안했구나…… 하는 것이었지. 그런 생각이 드니 눈에서 뜨거운 눈물이 솟아나는 것을 참을 수 없더라. 우리 현준이는 지금 얼마나 아프고, 외롭고, 겁나고, 힘이 없고 할 텐데 말이다. 그런 아빠의 강요에도 불구하고 네 최선을 다해 웃음을 보여주었지. 우리 현준이는 역시 멋진 아빠의 아들이다. 이런 상황에서도 엄마, 아빠, 현민이를 기쁘게 하려고 최선을 다하고 있잖니?

오늘부터는 네가 스스로 소변을 보도록 하는 훈련을 시작할 거다. 다친 날부터 줄곧, 3주 이상을 끼고 있는 소변줄을 묶어 놓으면 방광에 소변이 차게 되지. 그렇게 요의를 느끼도록 3시간 간격으로 네 방광을 자극하는 거야. 지금은 소변줄이 방광에 위치해서 신장에서 소변이 만들어지는 대로 바로 그 튜브를 따라서 흘러나오게 되어 있지. 이 줄을 너무 오래 넣어두면 줄을 따라서 요도가 협착이 될 수도 있으니, 이젠 슬슬 그 줄을 뺄 준비를 하는 것이지. 그러니 당분간은 방광에 소변이 차면 조금 불편할 수 있단다. 우리 현준이는 여태껏 잘해왔듯이 앞으로도 그러리라 기대한다. 오늘은 3시간마다 150cc 정도의 소변이 나오고, 소변 색깔도 정상이구나.

한편으로는 갑자기 이런 생각이 드는구나. 가족 중 한 사람만 다치고 나머지는 멀쩡한 것도 감사한 일이라고. 상상하기도 싫지만 만일 가족여행 중에 이런 교통사고를 당했다면 다친 우리 가족은 누가 간호를 할 수 있었겠니? 또 네 가족이 모두 정신을 놓고 있으면, 어떻게 지금처럼 우리 가족이 하나가 되는 계기가 될 수 있었겠니? 우리 가족이 현준이를 이렇게나 사랑하고 있는지 확인할 수 있는 시간이 될 수 있었겠니? 우리 가족을 아는 많은 분들이 우리를 얼마나 아끼는지 깨달을 수가 있었겠니? 하나님이 우리 가족을, 우리 현준이를 이렇게 기억하시고 많이 사랑하시는지 확인할 수 있었겠니?

28 100 − 7 = 80? 2010.1.11(월)

현준아, 오늘도 잘 지냈는지 궁금하구나. 오늘은 병원에서 좀 늦게 출발해서 너에게 5시가 넘어서야 도착을 했다. 도착해 보니 네 병실에는 아무도 없었는데, 엄마가 오늘 간호하면서 네가 어땠는지, 어떤 치료를 했는지 자세히 메모해놓았구나.

오늘 네 몸무게가 이제 60.5kg이라니 며칠 전보다는 늘었구나. 코를 통해서 공급하는 식사의 열량이 기초대사량에 비하면 많지 않던데, 아마도 너의 몸 움직임이 적어서 기초대사량이 적은 모양이구나. 그 식사에 몸무게가 늘다니 말이다. 오전에 묽은 변도 한 차례 보았고, 점심에는 다치고 처음으로 입을 통해 순두부를 먹었다지. 그 이후에 코에 넣었던 그 답답한 튜브도 제거했다고. 얼마나 시원했니? 사실 코를 통해 위까지 튜브가 들어가 있으면 코도 답답하고, 목젖 부위는 계속 자극이 되어서 토할 것 같은 느낌이 생기고, 불편한 게 한두 가지가 아니지. 잘 참았다.

그런 이후에 휠체어를 타고 재활의학과로 가서 삼키는 운동을 하면서 의사 선생님이 썰어준 바나나도 씹어서 먹었다며, 오랜만에 씹는 즐거움을 느껴봤겠구나. 살아가는 즐거움 중의 하나가 입으로 씹는 맛이지. 또 운동 치료를 하려고 서기도 했다고 하더라. 힘이 들었겠다. 그래도 즐거운 일이니 기쁜 마음으로 열심히 하기 바란다. 너를 기다리고 있는 동안 네가 변을 보아서 더럽혀진 침대 시트와 땀으로 축축한 베갯잇을 갈아주니 깔끔해서 보기가 좋구나.

네가 병실로 돌아오기 직전에 네가 영국에 처음 갔을 때 버밍햄에서 네 보호자 역할을 해주셨던 임 선교사님 부부가 멀리서 소식을 들으시고 오셨구나. 드디어 병실 문이 열리면서 네가 들어오는데 휠체어를 타고 들어오는 모습도 보기 좋았고, 코에 넣었던 튜브를 제거해서 훤해진 네 얼굴을 보니 더욱 보기 좋았다. 참 감사한 일이지.

임 선교사님 부부가 반가웠는지 네 눈이 또 아주 커지더라. 임 선교사님이 기도를 해주시니 눈을 감고 기도도 잘하고, 인사도 잘하고 너무나 반가워하더구나. 예전 기억이 떠오르는 모양이더라. 임 선교사님 부부가 엄마와 식사를 하러 가고 나니 아주 편안하게 잘 자더라. 이젠 식은땀도 거의 흘리지 않고.

오늘 재활치료를 가서도 의사 선생님의 지시를 잘 따랐다고 하더라. 네 이름도 직접 쓰기도 하고, 침도 잘 삼키고, 혀도 잘 내밀고, 일어서 있기도 하고, 손을 높이 올리기도 하고. 정말 고맙다. 하루가 다르게 좋아지고 있어서. 아빠는 오늘 아침, 점심을 먹지 못했는데도 배가 부르구나.

저녁 9시가 훨씬 넘어서 서상록 선교사님이 오셨지. 내일 다시 통영에 내려가시기 전에 현준이 너를 다시 보고 싶어서 오셨다고 하시며 기도를 해주셨지. "현준아, 함께 기도하자" 하니 너도 눈을 감고 같이 기도를 드렸지. 참으로 고마운 선교사님이시다. 아마도 하나님께서 너와 우리 가족이 걱정하지 말라고 선교사님을 보내주셨을 거다.

그런데 너는 오늘 여기가 어디냐는 의사 선생님 질문에 학교라고 대답을 했다지? 또 고차원적인 수학을 공부하는 네가 100 빼기 7이 뭐냐는 질문에 팔십몇이라고 했다며? 세계적으로 유명한 임페리얼 대학 수학과 학생이 말이다. 현준아, 너무 쉬워서 일부러 엉뚱한 대답을 한 거지? 너의 엉뚱함은 병상에서도 쭉 계속되는구나. 현준아, 내 아들아!

29 어리광 2010.1.12(화)

어젯밤에는 슬픈 꿈을 꾸었니? 자다가 울었다고 하더라. 그리고 잠을 잘 자지 못해서인지, 엄마와 현민이에게 신경질을 부리며 주먹으로 치고, 글을 쓰다가 볼펜을 집어던지고 하는 폭력적인 행동을 했다지. 네가 이렇게 하는 건 처음이라서 현민이가 인터넷으로 이런 증세를 검색해봤다는데, 사고를 당한 사람들은 이런 폭력적인 행동을 보일 수 있고 더 심해질 수 있다고 하더라며 불안해하더라. 그리고 오전 중의 작업 치료 중에서도 지시에 잘 따라하지 않고 떼를 쓰고 했다지. 그리고 병실로 돌아와서도 보고 네 이름과 보고 싶은 사람들 이름을 쓰다가 신경질을 많이 부렸다고 하더라.

물론 외상 후 정신증세 때문에 그럴 수도 있겠지. 하지만 아빠는 네가 그동안 받지 못했던 엄마와 누나에게의 관심을 더 많이 받고 싶어서 하는 행동일 수도 있다고 생각한다. 그리고 네가 지금 몸이 불편하니 가족과 떨어져 생활하느라 하지 못했던 어리광도 부리고 싶은 것을 그렇게 표현하는 것은 아닐까 생각한다. 왜냐하면 아빠에게는 어제 하루 종일 눈도 잘 맞추고 아빠 말을 잘 듣는 착한 아들이었거든.

저녁을 먹을 때도 어제보다는 훨씬 많이 입도 벌리고, 혀 운동도 잘하고, 음식을 씹어 먹으라고 하는 것도 잘 따라하는구나. 3주 이상을 씹는 운동을 하지 않았으니, 씹는 것도 연습을 해야 하거든. 아빠가 보기에는 어제보다 씹는 운동이 너무나 좋아졌구나. 또 먹는 양도 어제의 두 배는 되는 것 같고. 그런 와중에도 네 입맛에 안 맞는 건 먹지 않고 좋아하는 것들만 먹는구나. 골고루 먹어야 할 텐데.

그래도 지금은 네 입맛에 당기는 음식이라도 많이만 먹어주어라. 저녁 후에 조금 있다가 요플레를 또 먹고 싶다고 해서 주었더니 자다가 깨서 비몽사몽 중에도 오물오물 맛있게도 먹는구나. 입가에 묻은 요플레를 혀로 빨아먹기도 하고. 그렇게 먹는 모습이 너무나 귀엽구나. 마치 네가 아주 어릴 때 예쁘게 먹던 모습이구나. 꼭 깨물어 주고 싶은 모습 말이다.

저녁 후에는 이제야 여러 가지 생각들이 드는지 아빠 앞에서 처음으로 눈물을 보이려고 했지. 아빠가 옆에 있으니 걱정하지 말아라 말하니, 이내 울음을 그치고 아빠의 얼굴을 정말 천진난만하게 쳐다보는구나. 그리고는 다시는 울지 않겠다고 아빠와 손으로 약속을 하고, 또 다시 편안하게 잠들더구나.

　아빠는 네 회복에 욕심이 생겨서인지 네 호흡을 돕기 위해 뚫어놓은 기관지 부위를 이제 슬슬 막는 연습을 해야 하지 않을까 생각을 하는데, 주치의 선생님의 의견은 좀 다른 것 같구나. 내일은 아빠가 이런 시술 경험이 많은 의사들에게 자문을 받아보려고 한다.

30 잠자는 병상의 왕자님 2010.1.13(수)

네가 초등학교를 졸업하고 가족의 품을 떠나 영국으로 간 이후로 8년 이상을, 아빠는 아침마다 너에게 '현준아, 아빠다' 라는 제목으로 매일같이 너에게 이메일을 보내는 일로 하루를 시작했지. 물론 네가 방학 때 서울에 와있을 때에는 예외였지만. 그런데 이번 겨울 방학에는 네가 아빠 곁에 있고 시간이 나는 대로 같이 붙어지내는데도 아빠는 여전히 병원에 출근하면 컴퓨터 앞에서 너와 이렇게 이야기를 하고 있구나. 물론 네가 다치고 나서는 그냥 아빠의 넋두리를 그냥 끄적거렸지만 말이다.

현준아, 오늘은 현민이 누나 생일이란다. 누워있으니 날짜 가는 걸 잘 모르겠지. 네가 초등학교 졸업하고 처음으로 현민이 생일에 서울에서 함께 있게 되는구나. 아침식사로 엄마가 끓여놓은 미역국에 김치 달랑 하나 차려주고 나니 현민이에게 너무나 미안한 생각이 들어서 눈물이 나는구나.

아침에 현민이와 우리 집에서 한강을 보니, 삼분의 이 정도 나 얼어붙어서 그 위로 눈이 쌓여 마치 그냥 땅처럼 보이는구 나. 아빠가 우리 집에 살면서 처음 보는 광경인 듯하구나.

아빠가 근무를 마치고 너에게 도착해서 엄마와 함께 너를 목 욕도 시키고 옷도 갈아입히고 머리까지 감겨주니 얼굴이 번듯 해졌구나. 그리고 현민이가 도착해서 우리 가족 모두가 병실에 모여서 현민이 생일을 축하하고, 생일케이크도 잘랐지. 너도 누나 생일을 축하한다고 손을 흔들어주었지.

4시경에 엄마와 현민이는 집으로 가고, 너는 아빠와 함께 연 하치료, 운동치료, 작업치료를 한 시간 반 동안 너무나 잘하고 왔지. 정말 힘들었을 텐데 아빠의 눈을 쳐다보며 열심히 해주 었다. 병실로 돌아와서는 저녁도 잘 먹고, 2시간 정도 자고 일 어나서 밤참으로 현민이가 점심에 사온 사과 요플레도 맛있게 먹었지.

엄마와 우리 가족 모두가 그동안 밤에 네 간병을 하던 분이 마음에 들지 않았는데, 오늘 새로 오신 분은 좋은 분인 것 같구 나. 인상도 좋으시고, 안마를 잘하신다며 7시 30분 정도에 오 셔서부터 쉬지 않고 너를 정성껏 마사지해주시니 아빠는 너무 나 마음이 놓인다. 엄마도 정말 좋은 분이 오셨다고 집에서 안 심하는 것 같더라. 계속 마사지를 해주니, 네가 가끔 깰 때 처

음 보는 분이어서 어리둥절하면서도 시원하고 편안한지 깊게
잠을 잘 자는구나. 가래도 많이 줄어서 네 숨소리도 너무 조용
하구나. 현준아, 잘해줘서 고맙고, 좋은 간병인을 보내주신 하
나님께도 감사드린다.

밤에는 사과 요플레를 줬더니 남김없이 다 잘 먹었지. 한 개
씩 입에 넣어주는데 오물오물 잘 씹고, 혀로 입술까지 빨아먹
더라. 너무 귀엽고 예뻤지. 오늘은 현준이가 더 푹 잘 수 있겠다.

오늘 아침에 지금이 2010년이라는 것을 알고 놀랐다며? 현
준아, 나쁜 마법에 걸려서 오랫동안 잠자고 있던 '잠자는 숲
속의 공주님' 처럼, 너는 고작 한 달 정도를 쉬고 있는 '병상의
왕자님' 이지. 우리 왕자님, 서두르지 말고 푹 쉬면 되는 거란
다. 네가 멀리 떨어져 지내면서 그리워하던 우리 가족과 함께
말이다.

31 힘든 치료들을 견디며 2010.1.14(목)

어제 네 간호를 마치고 돌아가는 길은 정말 너무나 춥더라. 올해 겨울은 유난히 춥고, 눈도 많이 오는구나. 네가 누워있어서 이런 날씨를 느낄 수 없는 것이 안타깝다.

오늘은 또 안타까운 소식이 있단다. 한국 시간으로 지난 밤 사이에 중앙아메리카의 아이티라는 나라에서 지진이 발생해 10만 명이 넘는 사람이 사망한 것으로 추정된다는구나. 너무나 끔찍한 일이다.

오후에 너에게 가는 지하철에서 네 얼굴이 눈에 아른거려 계속 기도를 하면서 갔단다. 네 병실에 도착하니 재활치료를 갔는지 없어서 재활치료실로 가니 마침 엄마와 네가 나오더라.

엄마가 아빠를 보더니 네가 작업치료 중에 신경질을 부리고 제대로 하지 않아서 치료 도중에 그만두고 나왔다고 하며 눈물을 짓더라. 병실로 돌아와서 엄마가 너에게 네가 잘못했는지 알면 표현해보라고 했더니 고개를 끄덕였지. 그런데도 엄마는 많이 화가 나고 속이 상했는지 잘못했다고 두 손으로 빌라고 하니 어설픈 손동작으로 빌더라.

아빠는 그 모습을 옆에서 보고 있으면서 속으로 많이 울었단다. 빠릿빠릿하고, 공부도 잘하던 우리 현준이가 어느 날 갑자기 꿈에서 깨어나니 낯선 병원(너는 이곳을 학교라 대답했다지)에 누워서 기관지를 절개해 말도 하지 못하고, 기억들도 잘 나지 않고, 생각들은 이리저리 엉켜있어 정리가 잘 되지 않는데 손발은 또 손발대로 네 마음대로 움직여지지 않고. 그나마 먹는 것도 며칠 전부터서야 미음 종류를 간신히 떠먹여줘서야 먹을 수 있으니, 당연히 너는 어리둥절하겠지. 이런데도 치료를 하러 가서 잘하려 하는데도 네 마음대로 되지 않아 짜증이 많이 났을 텐데, 엄마마저도 모르는 사람들 앞에서 마치 아기에게 하듯 엄마의 얼굴을 쓰다듬어보라고 했으니 얼마나 네 자존심이 상했겠니?

현준아, 그래도 앞으로는 좀 더 마음을 편안히 가지도록 노력하자. 지금의 너와 우리 가족의 눈물과 고통이 감사함으로 바뀌게 될 것이니까.

오늘 몸무게가 57.1kg였다지. 코로 음식을 줄 때보다 네가 잘 먹지 못해서 며칠 사이에 3kg이나 빠졌다니, 그래서인지 다리가 정말 가늘어졌구나. 그래도 오늘은 아빠가 본 중에 저녁을 가장 잘 먹는구나. 가끔은 네 손으로 떠먹기도 하고 정말 고맙다.

오늘은 네가 많이 피곤해하는 것 같다. 반응도 어제보다 훨씬 작고, 가끔씩 신경질적인 행동과 짜증 섞인 눈빛을 보이기도 하고. 이틀 간격으로 검사하던 간기능 수치가 며칠 전부터 약간씩 올라가서 오늘은 정상수치를 약간 상회하는구나. 위험한 수치는 아니니 걱정하지 않아도 된다. 비뇨기과 선생님이 당분간은 소변줄은 지금 그대로 유지하자고 했다더라.

오늘 네 학교에 휴학 처리를 위해 보낼 진단서를 발부받았다. 휴학 처리도 잘 되고 있으니 너는 편안히 쉬기만 하면 된단다. 아빠가 그동안 오지 못하게 했던 아빠 고등학교 친구들이 연락도 없이 찾아왔구나. 걱정들을 하고 왔다가, 네 모습을 보고는 많이 안심들 하고 가셨지.

현준아, 오늘은 피곤했지. 밤에 푹 자면서 좋은 꿈 꾸기 바란다. 그래서 내일은 오늘보다 기분도 좋아지고, 더 많이 회복되는 하루가 되었으면 좋겠구나. 현준아, 아빠는 네 맑은 눈을 통해서 너의 순수한 마음을 읽을 수 있어 행복하단다.

32 처음 "아빠" 하고 불렀을 때처럼

　오늘도 새벽부터 눈이 내리는구나. 며칠 전처럼 많이 내릴 것 같지는 않다. 우리 현준이가 눈이 올 때마다 많이 좋아져서 아빠는 눈이 오는 것이 좋구나. 어느새 아빠는 눈이 오는 것을 기다리게 되었단다. 오늘도 우리 현준이가 정말 많이 회복될 것이라고 하나님께서 말씀하시는 것 같구나. 오늘 아침은 영하 6도로 날이 많이 푸근해졌다.

　오늘은 아빠가 오후에 네 병실에 도착하니, 현민이와 영국에서 치과의사로 재직 중이고 너랑 친하다는 누나가 함께 있구나. 네가 재활치료를 갔다고 해서 연하치료실로 가보니 엄마와 함께 너무나 잘하고 있더구나. 오늘부터는 기관지절개술 부위를 막고 코와 입으로 숨 쉬는 연습도 하고, 발성 연습도 했지. 그래서 실로 오랜만에 "네", "좋아요" 하는 네 목소리를 들을 수 있었지. 너무나 기쁘더라. 그 기쁨은 네가 아기 때 처음 말을 배워서 "아빠" 하고 불렀을 때의 그 감동과 같았지. 이런 연습만 잘하면 기관지절개술로 열려있는 부위를 금세 막을 수 있단다.

사고 이후로 네가 말을 할 수 없어서 답답했겠지. 그래도 네가 지금 말을 하지 못하는 것은 기관지절개술 때문에 기관지의 성대 이전 부위가 열려있기 때문이란다. 그러니 전혀 걱정하지 않아도 된단다. 오늘도 네 목소리를 스스로 확인했잖니.

치료 후에도 그 치과의사 누나가 기다리고 있었구나. 그 누나가 영국에서 사가지고 온 목도리를 선물 받고는 네가 아주 마음에 든다며 흡족해했지. 그 누나는 네가 저녁식사를 맛있게 먹는 것도 보고 돌아갔다.

또 오늘부터 식사 후에 가글액을 연하제에 타서 만든 엄마표 치약으로 이빨과 혀를 닦아주니 아주 시원해하는구나. 정말 하루가 다르게 좋아지고 있어서 너무나 고맙다. 아빠가 힘이 나는구나. 우리 아들 조금만 더 힘을 내는 거다. 현준이는 잘 할 수 있을 거야. 사랑한다.

33 두 번째 삶을 준비하는 시간이 되기를

2010.1.16(토)

오늘은 아빠가 쉬는 토요일이어서 새벽부터 엄마와 함께 네 병실에 갔지. 어제 변이 나오지 않아서 걱정을 했는데, 간밤에 변도 잘 보았다고 하더라. 또 배가 고프다고 해서 간식도 먹었다고, 밤에 잠을 잘 잤다고 고개도 끄덕이는구나. 어제 배운 호흡하는 법도 잘 따라해주고……. 그런 예쁜 모습을 보고 아빠는 점심 먹고 와서 엄마와 교대를 하기로 했지. 엄마가 일주일 내내 거의 쉬지를 못하잖니? 그러니 주말이라도 엄마를 최대로 쉬게 해줘야지.

네 병실을 나와서 거의 두 달 동안 자르지 못해 머리가 덥수룩해진 머리를 자르려 했는데, 마침 아침 8시도 채 되지 않았는데도 병원 지하의 이발소는 벌써부터 영업을 하는구나. 사실 아빠는 그동안 이런 이발소에서 머리를 자르는 것이 거의 십년도 훨씬 넘은 것 같다. 그곳에서 머리를 자르고 정말 오랜만에 이발사가 면도도 해주는 호사도 누렸지.

그 후에 아빠가 다니는 피트니스센터에 갔지. 매일 아침마다 가던 새벽 운동을 네가 사고를 당한 후로 한 번도 나가지 못했구나. 그러고 보니 아마 한 달 만인 것 같구나. 운동을 마치고 사우나탕에 들어갔는데 눈이 많이 쌓여서 경치가 보기 좋구나. 그동안은 정신이 없어서 눈은 뜨고 있지만, 눈에 보이는 것은 너 이외에는 아무것도 없었지. 이제야 이런 것들이 눈에 들어오는구나. 우리 현준이도 함께 목욕을 할 수 있었으면 좋았을 텐데……. 오랜만에 몸무게를 달아보니 70kg도 되지 않는구나. 그렇게 노력해도 몸무게가 좀처럼 빠지지 않았는데 말이다. 아빠가 우리 현준이 덕분에 다이어트도 하고 있구나.

오늘은 엄마와 교대 후 네게 바나나와 딸기를 갈지 않고 잘라서 주었지. 사실 엄마는 무서워서 주지 않고 있는데, 아빠는 이제 네가 씹는 운동도 해야 한다고 생각해서 준 거란다. 또 그럴 가능성은 거의 없다고 생각하지만, 네가 혹시 잘못해서 먹은 음식이 기관지로 들어간다고 해도, 기관지는 열려있고 네 옆에 흡입기도 있고 아빠가 그 기구를 잘 다룰 수 있으니 걱정할 필요가 없지. 역시 이런 생각은 기우였다. 너무나 잘 먹더구나. 너무나 맛있게 말이다.

우리 현준이가 이런 사소한 하나하나에서도 살아있음을 감사하는 순간순간이 되었으면 좋겠구나. 아빠는 네가 잘 먹는 모습을 보면서 너무나 감사했단다. 현준아, 하루가 다르게 네 몸이 회복되고 있음을 너도 느끼지. 그러니 걱정하지 말고 조급해하지도 말아라. 너는 지금 그동안 너무 쉬지 않고 앞만 보고 살아서 하나님이 휴식시간을 주신 거란다. 또 앞으로 다시 태어난 네 삶을 어떻게 살아갈지 생각을 가다듬는 귀중한 시간을 주신 것이지. 너는 분명히 이번 일을 통해서 새로워질 것이다. 좀 더 하나님에게 가까이 가고, 다른 사람들을 보다 배려하고, 네가 하는 일을 통해서 이 세상에 더욱 기여를 해서 정말 이 세상에 꼭 필요한 사람이 되고, 네가 하는 일도 보다 열정적으로 하게 될 것이라 아빠는 믿는다. 사랑한다. 내 아들아!

34 형님, 별일 없으시죠? 2010.1.17(일)

어제에 이어 오늘도 새벽에 엄마와 함께 네 병실로 향했단다. 병실에 들어서니 네 눈이 초롱초롱하구나. 아빠는 교회를 다녀와서 점심에 엄마와 교대를 했지. 아침에 식사도 많이 하고, 변도 보았다고 하는구나. 점심에도 역시 잘 먹는구나. 그리고 다리 운동도 잘 견디고 있고, 운동하는 중간에 현민이와 게임을 하기도 하고.

오늘은 처음으로 웅담을 주었지. 그런데 네가 잘 먹지를 못하더라. 아빠 판단에는 네가 음식을 좀 더 잘 먹을 수 있게 되면 다시 먹어보는 게 좋을 듯하구나.

오후에는 다리 운동도 하고, 배가 고프다고 해서 바나나와 식혜도 간식으로 먹었지. 그리고 현민이가 집에서 네 안경을 가지고 와서 끼워주니 이제 TV도 보고, 친구가 와서 휠체어를 타고 병실 밖의 바람도 쐬고 왔지. 저녁도 역시 너무나 잘 먹고, 오늘은 병원에서 나온 세 끼 음식을 싹싹 비우는구나.

식사 후 다리 운동을 할 때 다리 각도를 50도로 올렸는데도 잘 참더라. 그런데 간병인 아줌마가 매일 하던 대로 손, 발을 씻겨 주고 마사지를 해주는데, 갑자기 눈빛이 이상해지면서 심하게 짜증을 내면서 돌발행동을 해서 곁에서 지켜보던 아빠의 마음이 너무나 아팠다.

현준아, 좀 더 마음을 편안하게 가져라. 지금은 하나님이 너에게 특별 휴가를 주셔서 우리 가족과 함께 지내라는 시간이란다. 그러니 무서워하지도, 두려워하지도 말아라. 하나님이 우리 현준이의 이름을 기억하시고 오늘도 치료해주고 계시니 말이다. 사랑한다. 아들아!

오늘은 일요일이어서 서상록 선교사님이 오시지 못해 안타까워하시다가, 전화로라도 네게 기도를 하시겠다고 해주셨지. 정말 고마우신 분이시다. 하나님께서 혹시라도 우리가 낙담해할까봐 시시때때로 이렇게 기도의 응답의 확신을 보여주고 계신 것이지. 믿음이 약한 우리들을 위해서. 우리 아들, 오늘 밤도 푹 잘 자고, 내일 아침에 더 맑은 정신으로 만나자.

후배에게 부탁할 일이 있어서 전화를 했다. 전화를 잘 받지 않다가 연결이 되었는데, 전화로 처음에 하는 말이 "형님, 별일 없으시죠?" 였지. 나의 이런 상황을 뻔히 알고 있을 텐데. 물론 그냥 인사말로 한 것이고 어떤 의도가 있는 것도 아닌 줄 잘 아는데도 속으로 '나는 온 세상이 무너졌는데, 너는 말을 그 따위로 하니' 하는 생각이 들면서 굉장히 화가 나더라. 아빠가 많이 예민해져있나 보다. 아빠도 다른 사람들을 대할 때 좀 더 조심스럽게 해야겠다는 생각이 들더라. 사실 요즘 사소한 일에도 많이 짜증이 나고 해서, 좀 더 마음을 너그럽게 가져야겠다는 생각이 들었거든. 아빠도 노력할 테니, 우리 현준이도 누워서 짜증부리지 않기다.

35 배고파 2010.1.18(월)

아빠 친구 하나가 네가 어떤지 궁금해서 왔는데 그 아저씨도 몸이 안 좋고, 또 감기에 걸려서 마스크까지 끼고 왔더라. 그래서 너를 운동치료실 먼발치에서만 보고 집으로 돌아갔단다.

아빠가 운동치료실로 가서 서 있는 각도를 50도에서 60도로 올렸더니, 처음에는 잘 견디다가 5분 정도 지나서 아프다고 네가 눈물을 흘려서 옆에 있던 아빠 마음이 아팠단다.

오늘도 치과의사 누나가 와서 재활치료실 앞에서 기다리고 있었구나. 네가 하루하루 몰라보게 좋아져서 자주 오고 싶다며, 네게 줄 선물로 털모자도 가지고 왔다. 병실에 와서 네가 저녁을 먹는 것도 지켜봐주고, 네게 참 잘해주는 선배구나. 아빠는 평소에 네가 그 선배에게 그렇게 잘 했으리라 생각한다. 왜냐하면 모든 세상사는 일방적인 것은 없단다. 자기가 준만큼 받는 것이지.

오늘 네 몸무게가 58.8kg으로 나흘 전보다 1.7kg이 늘었구

나. 며칠 동안 잘 먹더니 역시 조금씩 몸무게가 느는구나. 오늘은 엄마와 현민이와 많은 이야기를 나눴다며? 현준이가 다니는 학교도 정확히 글로 쓰고, 영국에 가고 싶다고도 했다지. 또 지금 가장 하고 싶은 말이 "배고파"였다지. 그래, 네 나이에 미음으로 세 끼를 먹는다는 건 가당치도 않은 것이지. 이제 삼키는 운동을 잘하게 되면 더 나은 음식을 주겠지.

사실은 며칠 전부터 네 간기능 수치가 기분 나쁘게 살살 올라가서 아빠가 신경이 많이 쓰였는데, 오늘 병실에 가자마자 다시 체크한 네 간기능 수치를 보니 정상이되었구나. 정말 감사한 일이지.

오늘은 또 놀라운 것을 보았단다. 그동안은 네가 침대 밑쪽으로 내려가 있으면 네 키에 안 맞는 작은 침대 때문에 다리를 펴지 못해 불편해해서 그때마다 옆에서 너를 들어서 위쪽으로 올려주었는데, 네가 어느 정도 회복되니 네가 스스로 두 발을 이용해서 침대 밑쪽으로 밀어서 올라갈 수 있게 되었구나. 오늘은 침대 위쪽으로 올라가라고 하니 네가 스스로 허리를 펴서 상체를 일으키고는 양손을 침대에 짚고서 올라가더라. 아빠에게는 정말 놀라운 광경이었단다. 그동안 많이 도와주신 정형외과 선생님 방으로 가서 고맙다고 인사를 했더니, 우리 현준이는 틀림없이 좋아진다고 지금의 고통도 다 이유가 있다고 축하

해주시더라.

　아빠 병원 환자들은 대부분 그렇지 않지만, 가끔씩 아빠를 괴롭히는 사람들도 있단다. 오늘도 그런 날이었지. 월요일부터 그런 환자를 마주하니 짜증도 많이 나고 힘든 날이었어. 사실 요즈음 환자들이 귀찮기도 하고, 집중하기도 힘들지. 아빠 머릿속에는 온통 너밖에 없으니 말이다. 아빠도 지치는지 피곤하기도 하고 신경이 예민해져서 별일 아닌 것에도 짜증이 나는 걸 참기 힘들구나. 좀 더 마음을 편안하게 가져야 하는데, 믿음이 너무나 약한 탓이겠지.

　솔직히 아빠는 많이 피곤하구나. 그러나 우리 현준이를 봐서도 힘을 낼 테니 걱정하지 말아라. 아빠에게는 뚜렷한 목표가 있단다. 우리 현준이가 다치기 전의 완벽한 상태로 회복되는 것이지. 그때까지는 아빠의 온 힘을 다하마.

36 현준이와의 특별한 여행 2010.1.19(화)

　오늘 새벽에 엄마가 너에게 가고 나서, 출근 전에 피트니스 센터에 갔단다. 8년 이상을 거의 하루도 빠짐없이 오던 내가 한 달 정도를 보이지 않다가 오늘 나타나니 평일 아침에 근무하는 직원이 어디 여행을 다녀오셨냐고 하더라. 아빠는 그냥 웃고 말았지만, 속으로는 '그래, 우리 아들과 병원으로 여행을 다녀왔지' 라고 했지.

　현민이도 거의 한 달 동안을 친구들도 못 만나다가 오늘 친구들과 스키장에 간다고 말하며 조금 미안해하더라. 아빠는 잘 다녀오라고 하면서도, 그동안 고생 많았다고 이야기하고 싶었는데 하지를 못했지. 또 길이 머니 조심하라는 말도 하고 싶었지만 현민이가 너를 떠올리며 마음쓸까봐 그 말도 속으로 삭이고 말았다.

　네 병원에 4시 30분에 도착하니 자고 있구나. 네가 자는 동안에 이비인후과 선생님을 만나서 너에게 신경을 많이 써줘서 고맙다고 인사를 하고 앞으로 기관지절개 부위의 처치도 부탁을 했지. 네가 많이 나아가고 있어서 그 선생님도 좋아하시더라. 그러고는 병실로 와서 너와 운동치료를 하러 갔지. 고맙게도 운동치료도 적극적으로 열심히 해주고, 또 서 있는 것도 50도는 전혀 힘들어 하지 않는구나. 아빠가 욕심을 부려서 60도로 올리니 아프다고 인상을 찡그리는데, 아빠 과욕으로 네가 힘들었던 것 같아 미안하구나.

물리치료사 말로는 근력도 좋아지고, 관절 부위 움직임도 많이 부드러워졌다고 하더라. 엄마와 오전 중에 작업치료를 가서는 물리치료사와 오목도 두고, 트럼프 게임도 했다더라. 또 병실로 와서는 엄마와 메모지에 글을 쓰면서 대화를 나누었다고. 또 오늘은 다치고 처음으로 하루에 두 번씩 대변을 봤는데, 변 상태는 아주 좋았다.

잘 먹고 소화 기능도 좋아서 다행이다. 조금만 지나면 네가 스스로 대변도 볼 수 있으니 창피해하거나 걱정할 필요는 없단다. 정말 하루가 다르게 좋아지는 것이 느껴지는구나. 덕분에 아빠도 어제보다 한결 피곤함이 덜하구나. 네가 좋아지는 모습을 보면 아빠 몸속의 모든 기관들도 힘을 내는 모양이다. 사실 어제는 몸이 너무나 좋지 않았거든.

집에 돌아와서 조금 있으니 점심부터 잘 모르는 전화번호가 와서 무시하고 받지 않았더니, 또 전화가 울리는 거야. 결국은 받았는데 그날 사고로 사망한 네 친구의 아버지시더구나. 정말 오랫동안 이런저런 이야기를 하시더라. 내용은 앞으로 교통사고에 대한 대비와 사후처리가 이번 사고처럼 미흡하게 되지 않도록 TV 기획보도를 준비하고 계신다는 것이었고, 현준이 내용을 넣었으면 좋겠다는 부탁이었는데 아빠는 거절을 했지. 아직 입원 중인 네게 혹시라도 정신적인 충격이 되지 않을까 하는 걱정 때문이었다.

이 전화를 받고 나니 몸은 피곤한데 쉽게 잠을 이룰 수 없었다. 잠을 포기하고 간병인 아줌마와 교대하며 집으로 가는 길에 겨울비가 내리는구나. 우리 현준이가 다친 상처가 모두 이 내리는 비를 통해서 말끔히 씻겨내려 갔으면 하는 바람을 가져본다. 그래서인지 오랜만에 오는 겨울비가 정겹구나.

Chapter 3

아픔을 떠나보내다

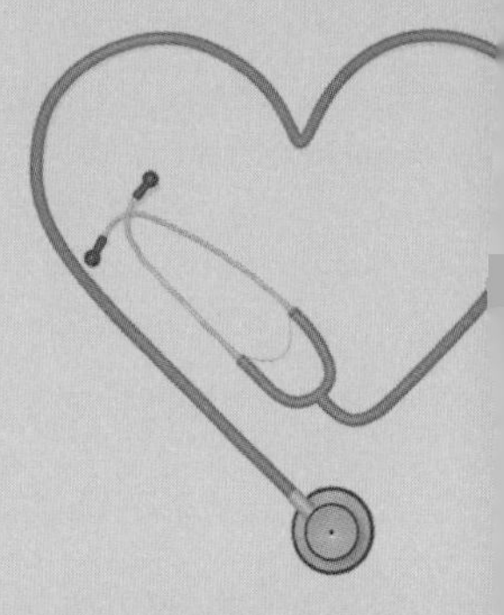

현준아, 이제는 정말 끝이 보이는 것 같구나. 정말 앞이 하나도 보이지 않는 캄캄한 터널 속을 오랫동안 달려서 반대편 터널 끝의 출구에서 쏟아져 들어오는 햇빛을 본 느낌이다. 우리 가족은 정말 그렇게 앞이 전혀 보이지 않는 터널을 너와 더불어 서로서로의 손을 꼭 잡고, 주위 사람들의 관심과 도움을 받으며, 하나님이 허락하신 희망의 빛을 바라보고 있는 것이지.

37 나도 모르게 흘린 눈물 2010.1.20(수)

현준아, 간밤에는 잠은 잘 잤니? 아빠는 정말 1시간 간격으로 잠에서 깨어났단다. 왜 그랬는지 잘 모르겠지만, 우리 현준이가 잘 낫고 있어서 아빠가 무의식적으로 흥분되어 있는 모양이다.

출근길에 버스 차창 밖의 풍경은 겨울비와 더불어 안개가 끼어 있어서 흐릿하게 보여서 더 마음이 편안하구나. 이렇게 지쳐있을 때 차창 밖으로 휙휙 지나가는 풍경들을 보면 더 어지럽고 힘이 들지. 차라리 이렇게 정신이 흐릿하면서 구름 위에 붕 뜬 것 같은 기분이 여러 고민들을 하지 않게 되고 좋구나.

오전 근무를 마치고 네게 1시 전에 도착을 했더니, 점심을 먹고 있구나. 그런데 아직도 미음이네. 아빠 생각엔 네 식사를 변경할 시기가 지난 것 같은데, 잘 바꿔주지를 않는구나.

엄마와 교대하려는데, 네가 엄마에게 "가지 마" 하고 글을 쓰는구나. 하지만 엄마도 쉬어야 하지 않겠니. 엄마는 떨어지지 않는 걸음으로 아빠와 교대를 했지. 그래도 아빠와 작업치료를 가서 너무나 열심히 잘 해주는구나. 치료 후 병실로 와서는 배가 고프다고 하더라. 그래, 한창 먹을 나이에 계속 미음만 먹고 있으니 오죽하겠니? 요플레를 줄까, 아니면 과일을 줄까 고민하고 있는데, 마침 치과의사 누나가 왔구나. 치과의사 누나도 오기 전에 현준이가 뭘 좋아할까 고민하다가 게살스프와 부드러운 치즈케이크, 초코케이크를 사가지고 왔다는구나. 현준이 네가 바로 게살스프를 먹겠다고 해서 치과의사 누나가 먹여주었지. 정말 잘 받아먹더라. 그리고도 아직 모자란 듯 치즈케이크를 달라고 해서 먹는구나.

오늘이 치과의사 누나 생일이라더구나. 그 말을 듣더니 먹다 말고 생일 축하한다고 비록 소리는 나오지 않지만 입으로 말하더라. 또 다 먹고 나서는 "누나 정말 고마워"라고 글을 쓰기도 했지.

치과의사 누나가 가고 나서 다리 운동을 하고 있는데, 교회에서 목사님과 교우분들이 병문안을 오셔서 예배를 봐주시고 가셨지.

네가 자는 동안 아빠가 뜨거운 수건으로 네 왼쪽 다리를 마사지하는데 나도 모르게 눈에서 계속 뜨거운 눈물이 흐르는 거야. 아빠는 네가 자고 있는 줄 알았는데, 어느 틈에 깨서 아빠의 모습을 다 보고 있었니. 아빠의 우는 모습을 보고 또 네가 얼마나 마음으로 울었을까 하는 생각을 하니 더 마음이 찢어지더라.

연하치료를 가서는 다치고 처음으로 김치를 밥과 함께 먹었지. 그리고 기관지절개 부위를 막는 연습을 하려고 하는데 네가 불안해졌는지 자꾸 울려고 하더라. 너 모르게 절개 부위를 막고 다른 훈련을 시키니, 너는 절개된 부위가 막힌 줄도 모르고 숨도 잘 쉬더라. 그런데 아직 물을 먹으면 조금씩 기도로 넘기는 것 같구나. 다행히 물리치료사 말로는 음식은 지금보다 두 단계는 더 올려도 될 것 같다더라. 병실로 와서 저녁을 다 비우고 디저트로 초코케이크까지 다 먹었지.

어제는 엄마와 글로 많이 이야기를 했다며? 네가 가장 많이 한 말이 "배고파" 와 "답답해", "불편해" 였다고.

밤 8시가 넘어서 네 친구들 셋이서 네 병실에 들어서니, 자다가 깨어난 네 눈이 너무나 커지더라. 그렇게 얼굴 전체로 환하게 웃는 건 네가 다치고 처음 보는 모습이었지. 그동안은 입 주위로만 웃는 모습밖에 볼 수 없었는데 말이다. 다른 친구들은 어떻게 지내냐고 많이 물어보면서 즐겁게 웃는 모습이 너무나 보기 좋구나.

친구들이 간 이후에 한참 수다를 떨어서 배가 고프다며, 야

채죽 한 그릇을 싹 비웠지. 오늘도 많이 좋아져서 감사하구나.
푹 잘 자라. 내 아들아!

38 처음 먹는 밥 2010.1.21(목)

오늘은 정형외과에서 재활의학과로 전과되기 전에 그동안에 치료해왔던 것들에 대한 치료 경과를 확인하기 위해 CT며 다른 검사들을 많이 진행한다고 들었다. 아빠가 아빠 병원에서 궁금해서 전화를 해보니, 굉장히 바쁜 것 같더라. 또 틈틈이 재활치료도 받고, 식사도 하고, 다리 운동도 해야 하니 건강한 사람도 그 스케줄을 소화하기 어렵겠다.

오늘 몸무게를 재보니 59.1kg으로 조금은 늘었지만 사흘 전과 별 차이는 없구나. 그래도 잘 먹고, 소화도 잘 시켜서 요즈음은 매일 대변도 잘 보아서 좋구나. 참, 오늘도 대변을 두 차례나 보았다지. 소화가 잘 되고 있다는 증거이니 너무나 반가운 일이구나.

아빠가 5시 조금 넘어서 너에게 갔기 때문에 바로 운동치료실로 갔지. 현민이가 네 옆에 있더라. 그래서 아빠와 교대를 하고 현민이는 병실로 돌아갔지. 운동하는 동안에 너와 많은 이

130 *

야기를 나누었지. 더 열심히 운동도 하고, 다른 사람들 앞에서
는 눈물을 흘리지 않고, 기도도 열심히 하고, 휴가 왔다고 생각
하고 마음을 좀 더 편안히 가지기로 했지. 그렇게 하면서 운동
치료도 열심히 하고 병실로 돌아와서는, 엄마가 할 말이 있으
면 써보라고 하니까 "엄마, 무서워"라고 썼다는구나.

이제 기억력도 많이 회복되고 하니 지금의 네 상태를 네가
어느 정도 느낄 수 있을 것이고, 지금의 상태가 어떻게 진행되
고 있는지 잘 모르니 당연히 그렇게 느낄 수 있지. 아마도 아빠
앞에서는 이런 말들을 표현하기 어려웠나보다. 현준아, 두려워
하지 말아라. 너는 지금 많이 좋아지고 있단다. 그렇게 믿어야
하고 그게 사실이다.

아빠가 병원 치료에 대단히 불만스러운 부분이 있다. 정형외
과 담당 의사가 너의 식사 문제에 대해 신경을 잘 쓰지 못하고
있는 것 같아서 연하치료를 담당하는 물리치료사와 어제 의논
을 했었단다. 그런데 어제 오후에 물리치료사가 병실에 전화하
겠다고 한 것을 그만 잊어버렸다는구나. 그래서 오늘 아침과
점심을 계속 미음만 먹었다지. 엄마가 다시 이야기를 하니 그
제야 식사를 변경했다더라. 그래서 나온 저녁은 묽은 죽에 생
선이며, 야채며, 전이며 여러 가지 씹을 수 있는 것들이 나왔구

나. 엄마도 신이 나는지 너에게 음식을 주는데, 수저 가득히 밥에 각종 반찬을 얹어줘서 네 입이 볼록해지는구나. 입안 가득한 음식을 잘 씹으며 맛있게 먹고 있는 네 모습을 보니 아빠는 먹지 않아도 배가 부르단다.

오늘 오후에 현영이 아빠가 전화를 했다. 지난 밤 현영이 꿈속에 네가 퇴원해서 아주 건강한 모습으로 엄마와 함께 환하게 웃고 있었다고, 꼭 현준이 오빠에게 이 꿈 얘기를 꼭 전해달라고 했다더라. 하나님이 꿈을 통해서 믿음이 약한 우리들에게 걱정하지 말아라, 하고 일러주시는 거라고 아빠는 생각한다. 너는 아직 젊으니 조급해 할 필요도 전혀 없지. 아빠도 젊을 때에는 남들보다 뒤처질까봐 초조해한 적도 많았지. 그러나 나이가 들고 돌이켜보니 그때의 조바심은 정말 쓸데없는 걱정이었단다.

39 현민이의 따뜻한 마음 2010.1.21(목)

저녁식사 이후에 다리 운동을 마치고 나니, 어디가 불편한지 얼굴을 찡그리는구나. 그래서 엄마가 어디가 불편하니 써보라 하니, "뒷다리"라고 쓰는구나. 이걸 보면서 네 정서가 많이 서양화되어 있구나 하는 이야기를 했지. 한국에서는 사람에서는 앞다리, 뒷다리라는 말은 사용하지 않지. 엄마가 네 허벅지 뒤쪽을 뜨거운 수건으로 찜질을 하고 마사지를 해주니 매우 편안해하는구나. 찜질은 간병인 아줌마가 이어서 거의 한 시간 반 정도를 했는데, 마사지를 받다가 잠에 빠진 너는 먹고 싶다고 하던 치즈케이크도 먹지 못하고 말았지.

네가 잠에 빠져있을 때 재활의학과 선생님이 네 상태를 체크하고 가셨단다. 그리고 정말 기쁜 소식을 전해주셨지. 오늘 밤부터 너를 담당하는 과가 정형외과에서 재활의학과로 전과가 된다더구나.

간병인 아줌마와 교대하고 집으로 가는 길에 아빠는 참담한 기분이 들었다. 현준이 네가 잘 나아가고 있어 다행이지만, 현실적으로 네 병원비가 우리 형편에 부담이 되는 건 사실이지. 그런데 오늘 현민이가 자신이 여태껏 모은 돈을 네 치료비에 보태라고 하더라. 현민이의 예쁜 마음씨가 아빠의 마음을 울리는구나.

40 병실을 옮기고 2010.1.22(금)

　오늘은 날이 다시 추워졌구나. 영하 9도 이하라고 하는데, 바람이 많이 불어서인지 훨씬 더 춥구나. 그동안은 1인실을 사용해서 그래도 불편이 덜했는데 이제 오늘부터는 2인실로 옮기기로 했으니, 옆에 다른 환자가 있으면 아무래도 신경이 쓰이겠다. 또 이제까지와는 달리 우리끼리 마음대로 이야기하기도 곤란하겠고. 네 방을 옮기기로 하고 아빠의 마음이 많이 불편하구나.

　어제 체크한 머리 CT사진에서 출혈이 있던 부위도 흡수가 되어서 많이 좋아졌고, 연하치료에서도 기관지절개술 부위를 막으니 말도 어느 정도 해서 물리치료사가 걱정할 것 없겠다는 이야기를 했다고 엄마가 좋아서 전화를 했구나. 운동치료만 열심히 하면 되겠다.

　여태까지 사용하던 방과 같은 크기인데 두 명이서 사용하니 많이 협소하구나. 그 작은 공간에 엄마, 현민이, 치과의사 누나, 둘째 이모가 앉아 있으니 병실이 정말 꽉 차는구나. 아빠는 미안해서 그 공간에 함께 있을 수가 없다. 마침 네가 연하 재활 치료를 해야 하는 시간이어서 너와 함께 병실을 나왔지.

연하치료는 열심히 잘하던데 오늘 네 기분이 별로였다고 하더라. 아마도 의사들, 물리치료사들, 주위 사람들이 하는 이야기를 들으면서 어렴풋이 네가 다친 상황을 알게 되지 않았나 한다. 물론 언젠가는 알 수밖에 없는 일이지만, 네가 조금 늦게 알기를 바랐지. 그러나 한편으로는 이제 머리가 많이 회복되어서 이런 것들도 신경을 쓰게 되었다고 생각하니 차라리 마음이 가벼워지는 것도 있단다. 왜 네가 병원에 있는지 이젠 어느 정도 알게 되었니? 걱정하지 말아라. 많이 좋아지고 있으니 말이다.

오늘 날짜를 굉장히 궁금해하더라. 엄마에게 오늘이 2009년 며칠이야? 하고 물어보는데, 2010년 1월 22일이라 하니 많이 놀랐나보구나. 현준아, 너는 지금 하나님께서 특별 휴가를 주셔서 병원이라는 공간에서 쉬고 있는 것이란다. 그냥 우리 자주 가는 콘도에 가족여행을 와있다고 생각하렴. 아빠는 우리 현준이가 모든 상황을 알게 되면서 잠시 힘들어 잘 극복해서 더 의연해진 현준이가 되리라 믿는다.

오늘은 작업치료도 잘하지 않았다며? 또 병실에서 컴퓨터로 네 학교 홈페이지와 네 메일에 접속을 하려는데, 도무지 패스워드가 기억나지 않아서 접속을 못했다고? 현준아, 물론 비교가 될 건 아니지만 아빠도 그런 일이 많단다. 게다가 너는 머리에 충격이 있었기 때문에 일시적으로 그런 것이지. 걱정하지 않아도 된다.

점심을 먹은 후에 치과의사 누나가 와서 네게 시폰케이크와 만두를 먹여줬다고 하더라. 간식을 너무 먹어서인지 아니면 네 머리가 혼란스러워서인지 저녁을 물리는구나. 그리곤 엄마에게 메모지를 달라고 해서는 "이런 내가 싫어", "빨리 나가고 싶어", "안 울려고 해" 이런 약한 말들을 쓰더라. 현준아, 너는 틀림없이 회복되니 걱정하지 말아라. 우리 현준이는 여태까지 잘 해왔으니 이번에도 잘 해낼거다. 사랑한다. 내 아들아!

2인실에 함께 있는 사람이 저녁 늦게 6인실로 간다고 옮겨가서, 졸지에 다시 혼자 방을 사용하게 되었구나. 1인실을 쓰다가 몇 시간이나마 모르는 사람과 함께 있으니 많이 불편했는데 다행이다. 오늘이 금요일이니 주말이라도 우리만 사용했으면 좋겠구나.

41 한가한 토요일 오후를 보내며

오늘은 아빠가 출근하는 날이어서 엄마를 네게 데려다주려고 함께 갔지. 어젯밤에 잘 잤는지 얼굴이 어제보다는 좋아보이고 아침밥으로 나온 죽도 잘 먹더라. 식사 중간에 엄마에게 메모지를 달라고 해서, "밥을 줘"라고 쓰는구나. 그래, 죽도 지겹고, 음식도 잘 삼킬 수 있는데 이젠 밥을 먹고 싶겠지. 아빠가 주치의 선생님에게 이야기하마.

아빠가 일을 마치고 도착했는데 현영이 아빠가 와있구나. 그리고 이어서 아빠 후배들과 친구들이 문병을 왔지. 다들 아빠와 전화를 하며 네 걱정을 했는데 막상 와보니 안심이 된다며 좋아하시더라.

엄마는 집으로 보내고, 너와 토요일 오후에 둘이서 함께하고 있으니 좋구나. 토요일이어서인지 네가 입원한 병실 전체 분위기도 한가한 느낌고. 대변도 오전에 엄마와 있을때 보고, 다시 오후에 아빠와 있을 때에도 또 보았지. 정상적이고 잘 뭉쳐있어서 아빠 혼자서 치우기 어렵지 않았고, 네 몸에도 변이 별로 묻지 않았어. 엉덩이를 비누로 잘 씻어주고 뜨거운 수건으로 찜질을 해주니 편안해 보이는구나. 아빠와 둘이서 호젓이 있으니 좀 벗고 있는 것이 좋을 것 같아서 네 바지를 내리고 아픈 왼쪽 다리에 찜질과 마사지를 해주면서 이런저런 이야기를 했지.

다리가 편안해졌는지 운동기구로 다리 운동을 하는데도 전혀 아파하지 않고 운동 중간에 오히려 잠이 들었구나. 네가 잠이 들고 나서 비로소 병실 창밖 경치를 보니 한강이 보이는 풍경이 한가롭고 보기가 좋구나.

요즈음은 대변 보고 싶으면 글로 표현을 하는 걸 보니 배변 기능도 많이 정상화되어가는 것 같다. 정말 거짓말처럼 하나하나 네 몸의 기능이 예전처럼 돌아오는 것을 보고 있으니 너무나 행복하고, 감사하구나.

내일 엄마 생일에 주려고 우리 가족 모두 함께 생일 카드도 만들었지. 아마도 엄마는 아직 괴발개발인 네 글씨를 가장 반가워하겠지. 우리가 준비한 선물을 보고 좋아할 엄마의 모습이 눈에 선하구나.

　간병인 아줌마와 교대하고 현민이와 집으로 가려고 버스 정거장에서 기다리고 있는데 서상록 선교사님이 지금 청주에서 서울에 간신히 도착하셨다고, 네게 기도를 하시고 싶은데 너무 늦었다고 많이 아쉬워하셨단다. 내일 필리핀으로 떠나셔야 하기 때문에 더 이상 현준이를 보러 오실 시간이 없다고 안타까워하셨지. 그러나 필리핀에 가서서도 우리 현준이를 위해 계속 기도하신다고 약속을 해주셨다. 그리고 현준이와 우리 가족에게 꼭 이 말을 전해달라고 하셨지. 현준이는 하나님께서 반드시 또 완벽히 치료해주신다고. 그러니 너도 더 이상 두려워하지 말라고.

42 엄마의 생일 2010.1.24(일)

오늘 새벽에 엄마와 함께 너에게 갔더니, 벌써 아침식사 중이구나. 밤에 잠을 잘 잤는지 얼굴도 보기 좋구나. 엄마를 보더니 반가워하면서 식사 중간에 엄마에게 생일 축하한다고 입으로 오물거리며 말을 하더라. 물론 소리는 나오지 않았지만 입모양으로도 그 내용을 충분히 알 수 있었지. 아빠는 예배시간에 맞춰 교회로 가서 예배를 보는데, 네 생각이 나서 흐르는 눈물을 주체할 수가 없었단다. 너무나 감사하고 너무나 좋아서 말이다.

예배 후 엄마 생일 케이크를 사 가지고 현민이와 함께 네게 가서 우리 가족 모두 엄마 생일을 축하했지. 그러다 네가 눈물을 흘리는데, 네 눈물을 보니 아빠도 눈물을 참을 수 없더구나. 아빠는 어느새 울음을 참지 못하는 울보 아빠가 된 모양이다.

엄마와 현민이가 가고 나서 너와 단 둘이 있으니 또 마음이 편안해지면서 너와 또 어디 여행을 떠난 느낌이다. 현준아, 아빠와 둘이 함께 7대 불가사의를 여행했던 일을 잊지 않았겠지. 너는 아빠에게 네가 이 세상을 떠날 때까지 기억한다고 맹세했잖니? 그러니 지금도 잘 기억하고 있지?

오늘은 잘 먹어서인지 대변을 네 번이나 보는구나. 글쎄 먹는 양을 좀 줄여야 하지 않을까 하는 생각이다. 치우기 귀찮아서가 아니라, 이번 일 이후에 혹시 비만이 되지 않을까 하는 걱정이 조금 들어서지. 운동도 열심히 해서 고맙구나. 그리고 오늘은 네가 입원 후 처음으로 아이스크림을 먹더니 아주 맛있어 하는구나. 얼마나 속이 시원하겠니? 이젠 아이스크림을 자주 줘야겠다.

오후에 네 친구들이 방문했는데 정말 눈이 동그랗게 커지며 반가워하는구나. 아빠 기억으로는 입원 후 가장 크게 웃는 것 같았다. 그동안 사용하지 않았던 얼굴의 모든 근육을 사용해서 말이다. 다른 사람이 떠먹여주는 것만 먹던 네가, 친구도 먹어보라고 네가 바나나를 떠주니 병실 안은 그야말로 깔깔 웃음바다가 됐지. 너도 웃겨서 죽겠다며 웃고, 그 모습을 보고 있는 우리도 웃지 않을 수 없었지. 현준아, 네가 아플 때 엄마, 아빠, 주위 사람들이 너를 떠먹여주었듯이 나중에 너도 주위의 다른 사람들을 떠먹여주면서 살아가야 함을 잊지 않았으면 한다.

오늘부터 다시 웅담을 먹기 시작했지. 많이 쓰다는데 소주에

녹여서 먹이니 잘 먹는구나. 저번에는 제대로 먹이지 못해 속이 상했는데, 이번에는 여러 한의사의 자문을 받아두었단다.

밤에 엄마와 현민이가 다시 네게 와서 있다가 간병인 아줌마와 교대를 하고, 엄마와 현민이와 셋이서 조촐하게 예전에 너와 함께 갔던 신천의 삼겹살집에서 엄마 생일을 축하했지. 오랜만이라 정말 맛있더라. 물론 네가 마음에 걸려서 미안했지만, 그래도 네가 나날이 좋아지고 있어서 우리 셋이서 즐거운 시간을 보냈단다.

43 진단서를 쓰며 2010.1.25(월)

엄마가 오늘은 경찰서에 제출할 네 진단서를 신청할 것이라고 하는구나. 그런데 10여일 전에 너희 학교에 휴학 처리를 위해 발부 받은 영문 진단서가 부실한 것 같아서 아빠가 새벽에 책상에 앉아서 그동안 네 간호를 하며 보고 들었던 기억을 되살려 썼는데, 새삼스레 네가 정말 많이 다쳤었구나 하는 생각이 들었다. 신경외과로는 뇌실 출혈, 뇌좌상, 두개저 골절, 정형외과로는 경추 1번, 요추 1·3번 골절, 좌측 대퇴골두 골절 및 탈구, 양측 상박 찰과상 및 좌상, 일반외과로는 우측 신장 타박상 및 파열, 간 타박상, 흉부외과로는 심막 파열, 우측 폐 타박상, 다발성 늑골 골절, 우측 흉강 내 출혈 및 기흉, 성형외과로는 우측 얼굴 외상성 문신 및 타박상, 대충 해도 이만큼이구나. 가슴이 많이 아프다.

너에게 빨리 가려고 환자들 예약을 잘 조정하는데도 요즘은 빨라야 오후 3~4시에나 아빠 병원에서 나올 수 있지. 그러나 언제 나오든 현준이 너에게 가는 길엔 항상 마음이 조급해져서 지하철도 놓치지 않으려 빨리 걷게 되고, 버스도 놓치지 않으려 뛰게 된단다. 오늘은 4시 40분이 되어서야 너에게 도착을 했는데, 네가 병실에 없어 간호사에게 물어보니 연하치료 중이라고 하는구나. 그리고 간호사가 기쁜 소식을 들려주었지. 네가 다치고 계속 넣어 놓았던 소변줄을 38일 만에 제거했다고 알려주는구나. 그리고 항상 찝찝하던 간기능 수치도 정상화되었다고.

오전에 이비인후과에 가서 기관지절개 부위로 내시경 검사를 했던 결과가 나왔는데, 그쪽 소견은 절개 부위를 막을 수 있는 상태가 되어서 차차 구멍 크기가 작은 것으로 교체하는 것이 가능하다는구나. 정말 날아갈 것 같은 기분이다.

몸무게는 일주일 전보다 0.3kg 늘어난 59.1kg이라는구나. 하루에 대변을 4번이나 볼 정도로 잘 먹었지만, 네 움직임도 많아져서 에너지 소모가 많아서 몸무게가 많이 늘지 못한 탓이겠지. 또 오전에 언어치료실에서 기관지절개 부위를 30분 정도 막고, 여러 이야기도 했다지. 물론 아직 완전히 기억이 돌아오지 않아서 엉뚱한 소리도 했다지만 아빠는 실망하지 않는다. 하나님께서 네 기억력도, 두뇌의 기능도 완벽하게 해주실 거라 믿기 때문이지.

연하치료실에 가려는데 치과의사 누나가 왔구나. 치료실엔 보호자 한 명만 들어갈 수 있어서 누나가 들어가고 아빠는 기쁜 마음으로 기다렸지.

치료 후 물리치료사에게 물어보니, 연하치료에서도 네 스스로 가래 일부를 뱉어냈다고 하더라. 이건 더 빨리 기관지절개술 부위를 막을 수 있다는 하나의 지표가 되지. 이후에 운동치료를 할 때도 열심히 해서 보기 좋더라. 물리치료사 말로는 근력도 많이 좋아졌다고 하더라. 그리고 그동안에는 다친 목을 받쳐주는 휠체어가 필요했는데, 이젠 보통 휠체어를 타도 된다고 해서 목을 받쳐주는 부분을 떼어내서 네 무릎 위에 올려놓고 병실로 갔지. 그 모습을 보고 엄마와 치과의사 누나가 너무 좋아하더라.

정형외과 선생님께서 네가 중환자실에서 나왔을 때, 옥한흠 목사님의 『고통에는 뜻이 있다』라는 책을 주셨는데, 오늘 다시 필립 얀시의 『기도』를 아빠 보라고 주고 가셨단다.

44 눈 뜬 장님 2010.1.26(화)

역시 간밤에는 잠을 이룰 수 없었단다. 네가 많이 좋아지는 날에는 아빠가 흥분하는 모양이다. 어젯밤 11시 30분이 넘어서 잠에 들었는데, 새벽 2시, 3시에 눈이 떠지더니 결국 4시 30분에 일어나고 말았지. 하나님께 감사기도를 드리고 거실로 가니 엄마도 벌써 일어나있구나.

아빠 입술이 터져도 상관없지. 아빠 몸무게가 줄어도 신경쓰지 않지. 아빠의 얼굴에 주름이 늘어서 늙어 보인다고 남들이 말을 해도 귀에 들리지 않지. 아빠는 눈을 뜨고 다녀도, 현준이만 눈에 들어오니 그야말로 눈 뜬 장님이라는 말이 실감이 나는구나.

현준아, 너무나 감사하고, 행복하고, 좋구나. 오전에 기관지 절개 부위에 넣는 관의 크기를 한 단계 작은 것으로 바꾸었다지. 오늘은 아빠 병원에서 일이 늦게 끝나서, 아빠는 네가 재활치료실에 있는 줄 알고 거기로 갔더니 네가 없더라. 너는 엄마와 심장 MRI를 찍으러 가 있더구나. 그래서 그곳으로 갔더니 엄마와 네가 울고 있더라. 아빠는 검사 결과가 좋지 않은가 잠시 불안했었지.

네가 엄마와 검사를 기다리다가 갑자기 정신이 들었는지 메모지를 달라고 해서 "(이게) 현실이야?"라고 쓰고는 울기 시작했다고. 엄마는 그 모습을 보면서 너무 마음이 아파 같이 울고 있었던 거였지.

그래도 아빠는 너무나 고맙다. 오늘은 운동치료를 할 때도 똑바로 앉고, 치료 후 휠체어로 옮겨갈 때 두 발을 떼기도 했다더라. 점점 좋아지고 있는 것이지. 그리고 일어서 있을 때 아픈 곳이 왼쪽 다리의 수술한 부위가 아니라 왼쪽 허벅지 부분인 건 아마도 그동안 사용하지 않아서 생긴 근육통이지 않나 생각이 되는구나. 다행이지.

너는 병실로 돌아와서 밥도 먹고 아이스크림도 먹고 나더니 오늘 여러 스케줄에 힘이 들었는지 잠에 빠졌구나. 어제 소변줄을 뽑아서 아직 힘이 없는지, 네가 잠든 후 한참 후에 보니 옷이며 침대가 축축해져 있더라. 빨리 소변도 네 스스로 제어할 수 있게 되면 좋겠다.

엄마는 네가 심장 MRI를 찍는 동안에 사회사업과라는 곳으로 면담을 갔었는데, 글쎄 네가 다 치료되지도 않았는데 재활의학과는 한 달만 입원할 수 있다는 게 병원방침이라며 다른 병원을 알아보라고 했다는 말을 듣고 힘이 빠져서 왔구나. 아직 치료 중인 환자보고 퇴원을 하라니 정말 말이 안 되는 소리지만, 아빠가 이 문제는 어떻게든 해결할 수 있단다. 너는 잘 먹고, 재활치료 열심히 하고, 잘 자기만 하면 된단다.

오늘은 엄마와 아빠가 많이 피곤하구나. 그래서 오후에 네 다리를 마사지하는 것도, 다리 운동하는 것도, 간병인 아줌마가 너를 씻기시는 것을 도와주지 못하고 집으로 돌아왔지. 네가 완벽히 치료될 때까지 엄마와 아빠가 지치지 말아야 할 텐데…….

45 언젠가 갚아야 할 빚 2010.1.27(수)

오늘은 너에게 가는 길에 하늘이 잔뜩 흐리더니, 버스를 타자 곧 눈이 내리는구나. 눈이 올 때마다 네가 많이 좋아져서 아빠는 어느새 눈을 기다려지게 되었지.

병원에 도착하니 운동치료를 하러 엄마와 치과의사 누나가 함께 내려와있구나. 치과의사 누나가 이번 일요일에 영국으로 떠나게 되어 있어서 마지막으로 너를 보러왔다더라. 그래서 네 운동치료를 치과의사 누나보고 들어가서 도와달라고 했지. 그 치료 후 다음 치료 사이에 시간이 좀 남아서 잠시 치과의사 누나와 이야기를 나눴단다. 그래서 아빠가 너에 대해 몰랐던 부분을 많이 알게 되었지. 네 별명이 '임페리얼 샤이니'라는 것도 알게 되었고. 네가 잘생겼다는 뜻이라더구나. 사실 아빠는 '샤이니'가 빵 이름인지 뭔지 잘 모르지만, 우리 현준이가 다른 사람들 눈에도 멋지게 보이는 모양이다.

현준아, 네 얼굴 표정은 다치기 전의 얼굴 표정을 완벽히 회복한 것처럼 보이는구나. 어제 잠시 기억해냈는데 또 금세 잊어버렸다던 이번에 한국으로 돌아온 날짜도, 도착해서 네가 배가 고프다고 보채서 먹었던 갈비, 물냉면, 된장찌개도 정확하게 기억을 하더라. 그리고 치과의사 누나와 연하치료실에 들어가는데, 네가 생글생글 웃으면서 들어가니 다른 물리치료사들까지도 현준이가 무슨 좋은 일이 있냐고, 얼굴 표정이 가장 밝다고 반가워하더라.

아빠는 네가 치료를 받는 동안 대기실에서 기다리는 동안 가슴 속 깊숙한 곳에서 무언가 밀려오는 듯한 벅찬 감동을 만끽하고 있었다. 정말 치료하는 30분이 총알처럼 빠르게 지난 것 같더라. 치료 후 병실로 올라오니 엄마 표정도 너무나 밝구나. 네가 오늘 아침부터 정신이 많이 들기 시작한 것 같다고 하더라. 네 치료 시간표를 간호사가 미리 알려 주었는데, 엄마가 늦장을 부리니까 9시 치료 시간에 늦겠다고 빨리 가자고 채근했다고 하더라. 병실로 돌아와서는 기관지절개 부위의 구멍을 막고 말을 시키니 너무나 자연스럽게 잘하고, 숨 쉬는데 전혀 지장이 없다더라. 그동안 하루에도 수차례씩 했던 가래 제기도 오늘은 할 필요가 없구나.

치과의사 누나는 약속 때문에 가고, 엄마, 아빠, 현민이, 너 이렇게 우리 가족만 남았지. 저녁을 맛있게 먹고, 딸기 아이스크림도 먹고, 치과의사 누나가 사 가지고 온 닭꼬치도 냄새까지 음미하면서 정말 맛있게 먹더라. 그 후에 인혜 엄마와 지연 엄마가 네 병문안을 와서 네 어릴 때 이야기를 하며 즐거운 추억 여행을 했지.

아빠가 보기에 오늘이 진정으로 머리를 다쳐서 잃어버렸던 현준이가 다시 우리 가족 품에, 이 세상으로 돌아온 날이구나. 예전보다 더 멋지고, 강하고, 샤프해져서 새롭게 태어난 현준이로 된 날이지. 너는 오늘부터 새로운 인생을 다시 살아가는 것이란다. 현준아, 오늘을 결코 잊지 말아라.

46 끔찍한 현장검증 2010.1.28(목)

아빠는 병원으로 출근을 했다가, 네 사고 현장에 가야 했단다. 오늘 사고 현장 검증을 한다는 거였지. 경찰이 교통관리공단에 사고의 과학적인 분석을 의뢰해서 그 사람들이 현장 사진을 근거로 오늘 실측을 하는 것이었어. 사망한 친구의 부모님이 MBC 촬영팀과 함께 왔더라. 너희 차가 상대쪽 차와 추돌 후 난간에 부딪히면서 그 충격으로 차문이 떨어져나가고 너희들이 차에서 튕겨나와 탄천 부근으로 떨어진 거였단다. 현준아, 네가 떨어진 곳은 그냥 서 있기만 해도 무서울 정도로 높은 곳이더라. 그곳에 있으려니 눈물이 왈칵 쏟아져서 견딜 수가 없더라. 현준아, 그 높은 곳에서 떨어질 때 얼마나 무서웠니? 또 바닥은 시멘트 바닥이거나 개천 물이 흐르는 곳인데, 다행히 자전거도로 경계의 풀들이 있는 곳으로 떨어졌더구나. 그런 곳에서 떨어져서도 이렇게 살아 있으니 하나님께 얼마나 감사한지 모르겠다.

오후에 아빠 병원에서 환자를 보고 있는데, 엄마로부터 다급하게 전화가 와서 오후 3시 30분 이후의 환자들 예약을 취소하고 너에게로 갔지. 자초지종은 이렇더라. 네가 이틀 전에 사고 당시 충격을 받았던 심장에 대해 단순히 추적 관찰을 위해 심장 MRI를 촬영했는데, 우측 심방의 외측벽이 불룩 튀어나와 있어서 우측 심방 손상이 의심이 된다는 영상의학과 의사의 소견이 있었고, 이 소견을 바탕으로 흉부외과에 진료 의뢰를 하니 심장 개복 수술이 필요하다고 했다는구나. 흉부외과 의사는 보호자가 동의하면 수술날짜를 정하자고 했고, 이걸 근거로 주치의인 재활의학과에서는 대수롭지 않다는 듯이 심장 수술을 받아야 한다고 회진을 할 때 말만 툭 던지고 갔다는 것이지. 심장 수술이 간단한 수술도 아닌데 어떻데 일을 이렇게 진행하는지 이해할 수가 없구나. 그래서 아빠 주위의 흉부외과, 심장내과, 영상의학과, 정말 여러 선생님들과 의논을 했지. 다른 병원의 모든 선생님들이 한결같이 하는 말이 네가 다친 초기의 심장초음파 검사는 정상이었는데 지금 특별한 증세 변화가 있는 것도 아니고 심장에 물이 차는 것도 아닌데, 왜 심장 수술을 하자는 것인지 이해할 수가 없다고 하더구나. 이번 심장 MRI에서 혹시 이상 소견이 보였더라도 다시 심장초음파 검사를 한 후에 내과의 심장 전공 선생님들에게 진료를 의뢰해서 심장 수술이 필요한지 확인했어야 했다는 것이었지. 그래서 아빠가 개인적으로 소개 받은 소아 흉부외과 과장을 만나 네 검사 사진을 보면서 의논을 했지. 그런데 심장 수술을 하자던 흉부외과 선생님들이 아빠가 항의를 하니까 이제와서 '지금 응급을 요하는 상태는 아니고, 심장 수술까지는 필요하지 않을 것'이라며 한발 물러서더라. 불과 몇 시간 전에는 수술 날짜를 잡자고 하더니, 지금 이렇게 말을 바꾸는지 아빠도 의사지만 정말 이해가 되지 않는구나.

의사가 치료 결정을 할 때에는 여태까지 여러 검사 소견과 다른 의사들의 의견, 환자 보호자와 충분히 상의 후 결정해야 하는데, 너무나 무책임한 행동이었지. 오늘은 네가 다쳤다는 소식을 들었던 이후로 가장 아찔했던 순간이었고, 책임감 없는 의사들의 무모함으로 너무나 짜증이 나는 하루였다. 이 병원 의사들에 대한 신뢰가 싹 가셔서, 앞으로 네 치료를 지금까지처럼 맡길 수 있을지 또 걱정거리가 하나 더 생기는구나. 남은 치료를 다른 병원에서 해야 할지 고민해봐야겠다.

47 어처구니없는 심장수술 2010.1.29(금)

　어젯밤에는 전혀 잠을 이룰 수 없더구나. 아침에 출근해서도 다른 선생님들과 너의 심장 수술이 필요한지 의논을 했지. 그런 중에 네가 입원해 있는 병원의 영상의학과 교수님 소견이 그냥 기다려보는 것이 좋겠다고 하는 거야.

　아빠가 어제 강력히 요청했던 심장초음파 검사가 오늘 오후 1시에 예약되었다던데, 잠시 후에 다시 전화가 와서 지난 1월 9일에 했던 심장초음파 검사에서 정상이었으니 검사를 하지 않아도 된다며 검사를 취소했다는구나. 그래서 아빠가 이왕 예정된 검사는 그냥 진행해달라고 했지. 아픈 검사도 아니고, 어제의 찜찜함을 털어버리는 의미로 다시 한 번 확인하려는 것이니 걱정하지 말아라. 결국 오후 1시에 시행한 심장초음파 검사에서 심장 기능은 정상인 것이 밝혀졌지. 그걸 보고 어제까지도 마치 응급으로 심장 수술을 해야 하는 것처럼 말하던 사람들이 오늘은 아무 말이 없는 것이 어이가 없구나.

오늘 오후에 아빠가 수술을 하는데, 갑자기 이런 생각이 들더라. 우리나라 속담중에 '무자식이 상팔자' 라는 말이 있지. 그런데 아빠는 다시 태어나도 그런 쉽고 편한 삶을 선택하기보다는 우리 현민이, 현준이를 키우면서 너희와 함께 아파하고, 걱정하고, 고민하고, 너희들이 커가는 모습을 보면서 살아가는 길을 주저없이 택하리라는 생각을 했단다.

어제는 네가 다치고 처음으로 보조 기구를 이용해서 재활치료실을 두 바퀴 걸었는데, 오늘은 보조 기구도 없이 물리치료사 부축을 받으며 물리치료실을 두 바퀴 걸었다더구나. 네가 아기 때 처음으로 아장아장 걷던 때가 떠오르는구나. 너무나 감사하다. 며칠 전까지 만해도 정신이 없던 네가 불과 며칠 사이에 걷는 것도 시도하고 있으니 말이다.

역시 막내는 막내구나. 수요일부터 정신이 많이 돌아온 뒤부터는 네 손으로 엄마, 아빠, 현민이의 손을 항상 잡으려고 하는데, 그런 행동이 너무나 귀엽구나. 아마도 다시는 가족과 떨어져 있기 싫다는 표현이겠지. 다치고 나서 다시 살려고, 다시 깨어나려고 얼마나 혼자서 외로운 싸움을 했겠니? 다시는 그런 외로움을 겪고 싶지 않으려는 네가 지금 할 수 있는 최대한의 표현이겠지. 네가 우리의 따뜻한 사랑이 필요하다고 말하는 소리 없는 외침이겠지.

그래, 우리 이렇게 손을 꼭 잡고 이 세상을 헤쳐나가자. 네가 어렸을 때부터 오랫동안 가족과 떨어져 살아서 우리 이렇게 우리 가족들끼리 손들을 잡지 못하고 살았구나. 앞으로는 더 손을 꼭 잡고, 서로 안아주고, 얼굴을 비벼가며 그렇게 살아가자 꾸나.

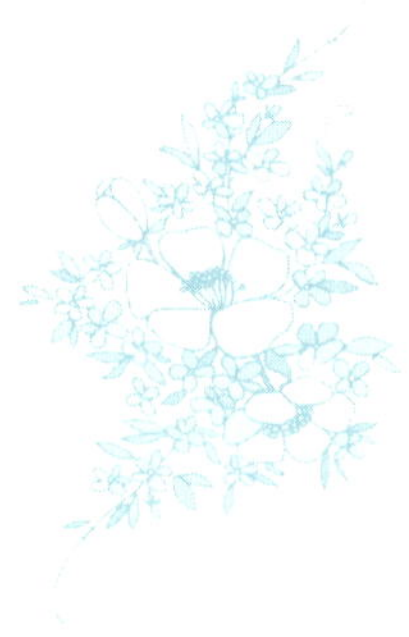

48 즐거운 산책 2010.1.30(토)

아침 일찍 네 병실에 도착하니 밤새 푹 잘 자고 일어나서 바나나를 맛있게 먹고 있구나. 불과 일주일 전만 해도 네가 바나나를 먹다가 기관지로 들어갈까봐 조금씩 썰어서 조심스럽게 떠먹여 주었는데, 네가 큰 바나나를 통째로 들고 먹고 있으니 마음이 뿌듯해지는구나. 아침을 먹은 후에도 키위며 감이며 우유를 쉬지 않고 먹는구나. 그동안 얼마나 먹고 싶었겠니?

다치고 처음으로 병원에서 주는 식사로 정상적인 밥이 나왔구나. 사실 아빠 생각에 이런 식사는 조금 더 빨리 나왔어야 했다고 생각한다. 그리고 네 스스로 양치질도 하다니. 이젠 네 스스로 할 수 있는 일들이 점점 많아지는구나. 또 오후에는 처음으로 대변도 화장실에서 혼자 힘으로 보았지. 오늘부터는 좌측 발등 부위가 찌릿찌릿 하면서 손을 갖다 대면 쓸리듯이 아프다고 하는데, 이런 현상은 너의 말초 신경이 왕성하게 재생되고 있다는 증거(tingling sensation)란다.

오른쪽 신장 부위를 다쳤을 때 보였던 늘어난 혈관이 신경 쓰였었는데, 며칠 전에 다시 체크한 사진에서는 보이지 않는 다는구나. 아빠 생각에는 그 입구가 작아서 저절로 막혔을 가능성이 많은 것이라 여겨진다.

정말 하나님께서 네 몸을 한곳 한곳 건강하게 해주시는구나. 이제 어느 정도 몸이 나아지고 있으니, 병실에 누워있는 것이 답답하겠지. 그래서 아빠와 함께 휠체어를 타고 병원 이곳저곳을 산책했지. 너무나 좋아하더라. 네가 좋아하니 아빠가 더 신이 나는구나. 엄마가 알면 우리 현준이 감기 든다고 걱정하겠지만.

너는 왜 친척들이 자기를 보러 오지 않느냐고 물었는데, 사실은 네가 기억하지 못할 뿐이란다. 얼마나 많은 분들이 자주 너를 보러 왔었는데 말이다. 그래서 네 목소리도 들려줄 겸해서 네 고모와 현영이 아빠에게 전화를 했지. 너무나 반가워하더라. 또 현영이 엄마가 뭐 먹고 싶은 거 없냐고 물으니 너는 베이컨을 넣은 크림스파게티를 먹고 싶다고 했다지.

오늘은 아마도 휠체어를 타고 세 시간 이상이나 산책을 한 것 같다. 마침 그 병원 입구에 걸려 있는 네가 다니는 학교와 협력하고 있다는 현판을 보면서 현민이와 셋이서 이런 저런 이야기를 나누며, 또 산책 때마다 딸기 아이스크림을 먹고 싶다고 해서 셋이 아이스크림을 입에 물고 돌아다녔지.

답답하기만 했던 병실로부터 탈출은 (비록 병원 밖으로는 나갈 수는 없지만) 현준이와의 즐거운 또 다른 여행이었지.

현준아, 내일은 네가 먹고 싶어 하던 스파게티를 먹을 수 있 겠구나. 맛있게 먹는 꿈을 꾸며 푹 자거라.

아침 일찍 너에게 가니 벌써 현영이 엄마가 네가 그렇게 먹고 싶어 하던 크림스파게티를 가지고 네 병실에 와 계시는구나. 아마도 우리 현준이를 먹이려고 꼭두새벽부터 정성으로 만들어 가져오셨을 거다. 병원에 어울리지 않게 좋은 접시에 김이 모락모락 올라오는 베이컨 크림스파게티를 너는 정말 맛있게 잘 먹는구나. 먹는 중간중간에 "너무 맛있어요" 하면서 말이다. 그런 모습을 보면서 음식을 준비했던 현영이 엄마는 너무나 좋아하고, 옆에서 보고 있는 아빠도 먹지 않아도 배가 부르구나.

아빠는 그런 즐거운 모습을 뒤로 하고 주일 예배를 보러 갔는데, 갑자기 우리 가족이 함께 주일에 예배를 보러 가던 날들이 얼마나 축복된 일이었는지 새삼 느끼게 된다. 그래서 그런 축복된 날이 하루 빨리 올 수 있기를 기도드렸단다.

오늘도 변을 화장실에서 잘 보았지. 그런데 조금 오래 서 있으려니 왼쪽 다리가 아프다고 하더라. 그동안 다리를 사용하지 않아서 생기는 근육통일 가능성이 많으니 자꾸 다리를 쓰면 좋아지리라 생각한다.

가회동 할머니가 갑자기 치과 수술을 하셔서 또 보내시겠다고 약속하셨던 웅담을 보내지 못하셨다고 전화를 주셨단다. 할머니도 수술 후 몸 상태가 매우 좋지 않았는데, 웅담을 복용하시고 하루 만에 몸이 가뿐해 지셨다고, 내일 웅담을 다시 보낼 테니 꼭 먹이라고 부탁하셨지.

휠체어 산책 후 병실로 돌아 와서 물을 한 잔 주었는데 너무 빨리 먹는 것 같아서 천천히 먹으라고 하니 빙긋이 웃으면서 그만 잔소리 하라고 이젠 아빠에게 투정 아닌 투정도 부리더라. 또 책을 읽으라고 하니, 자기는 책 읽으면 머리가 아파지는 환자라고 장난도 치는구나.

오늘부터 재활의학과 주치의가 바뀐다고 또 다른 선생님이 오셨구나. 너무 주치의가 자주 바뀌어서 환자 파악을 제대로 하고 있는 것인지 걱정이 되는구나. 하나님은 우리를 항상 좋은 길로 인도하시지. 그래서 우리가 상상하지도 못하는 것들을 우리를 위해 준비하고 계시지. 이번 일도 지금은 인간적으로는 이해하기 어려운 일일 수 있지만 먼 훗날 이번 일이 우리 현준

이와 우리 가족에게 얼마나 하나님이 우리를 기억하시고, 사랑
하는지를 알려주시는 일이었음을 알게 되리라고 생각한다. 우
리를 더 멋지고 좋은 길로 인도해주실 게다. 그러니 우리 감사
하는 기도를 드리며, 하나님의 은총을 기다리자. 현준아, 사랑
한다.

50 아픔을 떠나보내다 2010.2.1(월)

　오늘은 네가 병실에 없구나. 그래서 습관적으로 재활치료실로 가서 확인해봤는데 그곳에도 없어서 조금 당황을 했다. 지하 1층으로 내려가보니 엄마와 현민이 친구 엄마들 틈에 끼어서 휠체어에 앉아 음료수를 마시고 있더구나. 이젠 네가 이런 자리에도 집중을 할 수 있어서 고맙구나.

　아빠와 병실로 올라가는 길에 중국음식점 앞을 지나는데, 냄새가 너무 좋다며 입맛을 다시더라. 내일쯤 자장면을 맛있게 하는 집에서 사 가지고 올까 했는데, 시장이 반찬이라고 먹고 싶을 때 먹는 음식이 더 맛있을 것 같아서 바로 자장면을 사 가지고 병실로 가서 먹었지. 영국에서도 맛보지 못한 자장면을 정말 몇 개월 만에 자장면을 먹었을 테지. 너무 맛있다고 하더라. 요즘 너는 맛이 없는 음식이 없구나. 그렇게 저녁 먹기 전에 간식으로 자장면 한 그릇을 뚝딱 해치웠지.

　오늘부터 기관지절개 부위를 막기 위한 전단계로 하루 종일 기관지절개한 부위의 구멍을 막고 관찰하기로 했단다. 다행히도 전혀 숨쉬기 불편해하지 않고 잘 지내는구나. 이제 이 부위까지 막으면 네 몸에 더 이상 열려있는 부위는 없는 것이지. 네 목을 볼 때마다 사실 가슴이 아팠는데 이제 곧 막을 수 있겠다. 그 부위에 생긴 흉은 아빠가 예쁘게 봉합해줄 테니 걱정하지 말아라.

너는 지난주 수요일에 정신이 들고나서부터 네가 꿈을 꾸고 있는것 같다고 했다지? 그런데 왜 꿈에서 깨어나지 못하는지, 왜 꿈 속의 시계는 정확히 가고 있는 건지 궁금했다지? 어제부터야 이것이 꿈이 아니라는 것을 확실히 알았다며? 그래, 현실이지. 그리고 하나님이 우리 현준이를 통해서 지금도 살아계셔서 현준이를 치료하고 계심을 증거하고 계심이지. 그러니 걱정하지 말아라. 하나님이 치료해주시고 계시니 얼마나 마음 든든하냐?

오전에 아빠 병원으로 가회동 할머니가 또 웅담을 보내주셨지. 네가 자장면을 먹은 후 그동안 여러 번 오셨던 아빠 동료 교수님이 오셔서 네가 많이 나은 모습에 즐거워하다가 가셨는데, 그때 네 친구들이 왔지. 네가 정말 반가워하더라. 너희들끼리 이야기하라고 엄마와 밖에 있다가 마침 네 저녁이 나와서 다른 반찬들과 밥을 준비해 병실에서 너희끼리 식사를 하도록 했지.

그리고 네 병실을 나오는데 아빠 학교 다닐 때 잘 알던 후배를 우연히 만났단다. 그 선생님이 네가 입원해있는 병원에 산부인과 교수로 근무한다는 것을 아빠가 잊고 있었구나. 산부인과 교수라서 네가 있는 병동에는 올 일이 없는데 마주친 것도 신기했단다. 왜 자기에게 이야기를 하지 않았냐며 지금 네 치료를 담당하고 계시는 선생님들에게 부탁을 하겠다고 네 병실 앞까지 왔다 가셨다. 참 감사한 일이지.

네가 친구들과 식사 후 휠체어를 타고 병실 밖으로 가고 싶다고 하여, 아이스크림을 먹기로 했지. 그래서 지하로 갔는데 그곳에서 네가 사고를 당할 때 운전을 했던 친구의 부모님들이 계시더구나. 그 엄마가 네게 알은체를 하는데 궁금한 눈빛으로 아빠를 쳐다보더라. 아빠는 네가 지금 전혀 사고에 대해 알지 못하는데 그 기억이 되살아날까 두려워서 그냥 아빠 아는 사람들이라고 둘러대고 지나갔지.

오늘은 네가 다칠 때 입었던 옷 정리를 했단다. 풀과 유리조각들이 많이 묻어있고 응급실에서 가위로 이리저리 찢어놓아서 아직도 그때의 충격이 생생하게 느껴질 정도였단다. 이제 오늘에서야 네 방에서 떠나보냈지. 네 아픔의 허물들을……

51 아직 남아있는 길 2010.2.2(화)

갑자기 날씨가 추워져서 영하 9도라고 하는구나. 오늘은 오랜만에 병실 창밖으로 펼쳐진 겨울 한강 풍경을 음미하는 것도 괜찮겠다.

오늘은 네게 빨리 가고 싶어서 오전 시간으로 진료 시간을 조정했지. 너에게 도착하니 2시 30분이구나. 너는 그 시간에 왼쪽 다리 부위에 전기치료를 하고 있더라. 그 후에는 운동치료를 했는데, 아빠가 생각했던 것보다 훨씬 잘 걷는구나. 네가 걷는 모습을 보면서 아빠는 많은 희망을 가질 수 있었지. 좀 더 재활치료를 하면 더 잘 걸을 수 있을 것 같구나. 근육의 힘도 많이 돌아왔다고 물리치료사가 하더라. 40일 이상을 사용하지 않았던 근육이니 더 열심히 운동을 해야 한다. 그래야 빨리 퇴원할 수 있지.

다리 근력 운동을 위해 자전거 운동을 하는 동안 너에게 이것저것을 물어보니 아직 기억력이 더 많이 회복되어야겠구나.

조금 전에 아빠와 이야기했던 것을 잘 대답하지 못하는데 너도 답답한지 아빠가 자꾸 물어보니 이젠 그만하라고 짜증을 내는구나. 아직 집중하기 어려운 상태인 것 같다. 어쩌면 사실은 그게 아니라 네가 갑자기 많이 좋아지니 아빠가 너무 서두르고 있는 것일 게다. 아빠가 스스로에게 서두르지 말아야지 다짐을 하면서도 네가 좋아지는 모습을 보면 자꾸 욕심이 생겨서 조바심이 나는 것은 사실이지. 그래, 오늘은 그만하자. 오늘은 네가 많이 피곤해보이는구나.

치료 후 엄마와 병실로 갔지. 네가 병실이 답답하다고 해서 휠체어를 가지고 왔더니 많이 피곤했는지 그새 잠이 들었구나. 엄마도 의자에서 잠이 들어서, 오랜만에 두 사람이 함께 자고 있는 모습을 보게 되는구나.

현준아, 사실 우리 가족은 너를 포함해서 거의 50일 동안이나 힘든 특별한 여행을 해왔지. 몸은 이미 지쳐있구나. 그러나 정신은 아직도 극도로 긴장되어 있으니 이렇게라도 버티고 있는 것이지. 현준아, 그러니 조금만 더 힘을 내는 거다. 아직 조금 더 가야 할 길이 남아있단다.

두 사람이 잠든 모습을 보니 병원이 갑자기 한가해진 느낌이구나. 병원 생활이 한가해졌다는 것은 다른 의미로는 네가 많이 좋아졌다는 걸 의미하지.

이틀 전에 할머니에게 스키야키가 먹고 싶다고 해서, 오늘 할머니가 그 음식을 만들어서 할아버지와 함께 오셨다고? 요즘 현준이는 말만 하면 바로 그대로 이루어지는구나. 그래서 맛있게 먹었다고. 아빠도 나중에 그걸 맛보니 아빠 어릴 때 해주시던 그 맛 그대로구나. 그래, 이렇게 잘 먹으면 빨리 회복되는 것이지.

네 수술을 해주셨던 교수님이 안나푸르나 트레킹을 갔다가 돌아오셔서 오랜만에 회진을 오셨구나. 여행 가시기 전에 농담 비슷하게 "내가 다녀오면 그때는 걷고 있어야 한다"고 하셨는데 실제로 걷기도 하고 다른 것들도 많이 회복되어서 좋아하며 가셨지. 한 가지 걱정은 네 왼쪽 다리의 새로운 뼈들이 자라는 것인데, 알카리토류인산염(alkaline phosphate)이 네가 다치고 10일째부터 급격히 증가하다가 1월 중순 이후부터 많이 떨어지고 있구나. 여태껏처럼 하나님께서 의사들이 이해하지 못하지 방법으로 치료해주실 거라 아빠는 믿는다. 그러니 걱정하지 말아라.

52 이 세상 부모 마음 2010.2.3(수)

오늘은 서둘러서 너에게 가니 오후 1시가 조금 넘었구나. 네가 병실에 없어서 재활치료실 앞에서 기다리고 있는데, 엄마가 너를 데려오며 점심식사 후 네가 답답해서 지하층에 가있다가 오는 길이라고 하더구나. 엄마 얼굴이 너무 피곤해보여서 어서 집으로 가라고 했지.

아빠와 함께 오후에 있는 작업치료, 작업, 열전기 물리치료, 운동 물리치료, 운동기구 5가지를 계속했는데, 오전에도 2개의 치료가 있었다니 정말 강행군이구나. 보통 사람도 힘이 들 텐데. 그래서인지 마지막 운동기구 치료 때에는 졸려서 눈이 반쯤 감긴 채로 아빠가 곁에 있으니 할 수 없이 하는 것 같더라. 조금만 참아라. 너는 여태까지 어려운 일들을 잘 해왔고, 너는 앞으로도 잘 할 수 있단다.

치료 이후에 이비인후과 외래로 가서 기관지절개술 후 37일 동안이나 꽂아두었던 튜브의 상태를 체크하러 갔지. 이비인후과 선생님이 수술하다 말고 외래로 내려오셔서 상태를 봐주시고 제거를 해주셨단다. 항상 아빠의 눈엣가시였는데 그 물건이 없어졌구나. 아마 너보다 보는 아빠가 더 시원했을지도 모르겠다. 튜브 제거 후 병실로 올라오는데 마음이 너무 편했단다. 이제 네 몸에 더 이상 어떤 이물도 붙어있지 않지.

너는 병실로 올라와서 바로 잠이 들었지. 그리고 한 시간 동안 달콤한 잠에 빠졌다가 저녁 식사가 나오니 눈을 떴지. 네가 아까 현민이에게 탕수육이 먹고 싶다고 했는데, 딱 맞추어 현민이가 탕수육을 들고 도착하는구나. 네가 좋아하는 탕수육 냄새에 갑자기 얼굴에 화색이 도는구나.

오늘은 다치고 처음으로 물과 보통 샴푸로 머리를 감았다고 하더라. 얼마나 시원했겠니. 네가 병실로 올라오는 길에 몸무게를 재보니 대략 60.5kg 정도구나. 조금 더 잘 먹어야겠다.

현준아, 사실 네 치료에 신경 쓰는 것만으로도 버거운 일인데, 또 병실 문제로 이런저런 이야기가 있으니 짜증이 나는구나. 지금 네가 재활의학과 소속인데 그곳에 병실이 없어서 그냥 정형외과 병동에 있었지. 그런데 2주 전에 신청했던 재활의학과 병실이 이제야 생겼다는구나. 그래서 그곳으로 또 옮기라는 말이 있는데, 또 2주 후에는 다시 재활의학과에서 정형외과로 옮기게 되어 있어서 그 때 또 병실을 옮겨야 한단다. 재활의학과는 그 병원 자체 규정상 입원 기간이 한 달을 넘기지 못하게 되어 있는데, 그래서 보통 예약을 해놓고 퇴원해서 다른 병원으로 갔다가 병실이 비면 다시 입원한다는 것이지. 정말 불편한 규정이다. 병실만 옮기다가 진이 빠지겠구나. 그래서 아빠가 병원에 부탁을 해서 그냥 지금 있는 병실에 머물기로 했지. 지금은 네가 빨리 완쾌하는 데에만 정신을 집중할 시기란다. 병원에 아는 사람이 없는 사람들은 정말 많이 힘들겠다.

엄마는 집으로 가서 몸살약을 먹고 잠을 자고 있다고 하는구나. 아빠도 네 목에 달려 있던 튜브를 제거하고 나니 갑자기 긴장이 풀어지면서 잠이 쏟아지는구나. 아직 피곤해지면 안 되는데 말이다. 그러나 걱정하지 말아라. 오늘이 지나고 나면 다시 두 눈을 부릅뜨고 네 곁에 있을 테니 말이다.

정말 피곤한 몸을 이끌고 집으로 오는 길에 문득 어릴 때 많이 들었던 "너도 커서 아이를 키워봐야 부모의 마음을 이해할 수 있다"는 말이 떠오르는구나. 정말 맞는 말인 것 같다. 아빠도 할아버지 할머니 마음을 전혀 알 수 없었지. 그러나 이젠 자식 때문에 속이 타들어가는 부모 심정을 알게 되었구나. 현준아, 지금은 너도 이해할 수 없을 거다. 나중에 네 아이들을 키우면서 아빠처럼 뒤늦게 알게 되겠지. 부모의 속 타는 마음을 말이다.

53 그 수많은 노력들을 위해 2010.2.4(목)

오늘이 입춘이란다. 그런데도 오늘 날씨가 영하 8도로 매우 춥구나. 예전에는 입춘에는 '입춘대길' 이라는 글을 써서 대문에 붙여놓았었지. 봄을 맞이해서 집에 좋은 일이 많기를 기원한다는 것이지. 우리 집에도 그런 글귀를 붙여 놓아야겠다. 기원하는 의미가 아니라, 이미 우리 현준이가 긴 여행에서 좋아진 것을 감사하는 의미로 말이다.

오늘은 5시가 넘어서야 너에게로 갈 수 있었지. 사실 어제 이비인후과에서 기관지절개술 부위의 튜브를 뽑은 후 하는 처치가 아빠 마음에 들지 않았단다. 양쪽을 가는 집게로 잘 잡은 후 양 테두리를 약간 위로 향하게 한 이후에 테이프로 고정을 시켜야 하는데, 그냥 양쪽 피부를 잡아당기니 테두리의 피부들은 안쪽으로 들어갈 수밖에. 그러면 나중에 그 부위는 함몰될 수밖에 없지.

그래도 남의 병원에 입원해서 아빠가 마음대로 할 수도 없으니 오늘 네 처치에 필요한 도구를 챙겨서 갔지. 그런데 하루 사이에 거의 구멍이 막혀있구나. 게다가 아빠 걱정대로 조금 함몰이 되어 있구나. 그래서 다시 테두리 부분을 올려서 고정시키려는데, 육아 조직이 많이 자라서 출혈이 조금씩 있고 밑의 조직과 붙어서 마음대로 올라오지 않는구나. 마음에는 흡족하지 않아도 할 수 있는 정도로 치료를 해놓았다. 이후에 생기는 흉은 아빠가 성형외과 의사의 주특기를 살려서 보기 싫지 않게 성형수술을 해주마. 그러니 걱정 말아라.

오늘도 6개의 재활치료를 받은 후 조금 지친 표정으로 침대에 누워있구나. 저녁을 먹고는 걷고 싶다고 하여 병실을 걸었었지. 그동안 너를 치료했던 의사들이나 간호사들이 너무나 잘 걷는다고 깜짝 놀라는구나. 그래도 힘이 드는지 곁에서 엄마가 물리치료사들이 가르쳐준 대로 걸으라고 하니, 네가 엄마에게 약간 신경질을 부리는구나. 물론 아픈 네 자신이 짜증도 나겠지.

그러나 현준아, 너는 지금 네가 어떤 상태에서 그동안 어떤 과정을 거쳐 오늘 정도로 회복될 수 있었는지 몰라서 그러는 것이지. 네가 그 과정을 알면 감히 그런 행동을 할 수 없지. 너나 우리 가족은 지금의 모든 것이 감사하다는 말 이외에 어떤 말도 할 수 없단다. 우리 나중에 그런 날들을 추억거리로 말할 수 있는 날이 오겠지. 현준아, 너는 지금 예전의 현준이가 아니란다. 새로워진 현준이로 다시 태어난 것이지. 그러니 너도 예전의 네 모습보다 모든 면에서 더 멋있어진 모습을 보여줘야 한다.

저녁에 아빠 친구가 또 오셨지. 네가 좋아하는 케이크를 사가지고 말이다. 저번보다 더 좋아진 모습을 보시고 너무 좋아하다가 가셨단다. 이렇게 너를 걱정하고 기도하시는 분들이 많은 것도 네 복이다. 그리고 그분들에게 나중에 네가 갚아야 할 빚들이지.

7시 반이 넘어서 네가 답답하다고 하여 휠체어를 타고 병원 1층으로 내려가서 이런저런 이야기를 나누었지. 이제는 너도 세상이 어떻게 돌아가고 있는지 뉴스도 보고, 네 헝클어진 기억들을 다시 짜맞추려 노력해야 할 시기라 생각한다. 그러기 위해서는 네가 지금보다 좀 더 집중하려는 노력이 필요하다고 생각한다. 그래야 좀 더 빨리 네가 원래 생활로 돌아갈 수 있을 게다.

54 매너 2010.2.5(금)

오늘은 구정 전이라서 이런저런 환자들로 바쁘구나. 지하철에서 내려 너에게 전화를 하니 깐풍기가 먹고 싶다고 했지. 그래서 백화점에 들러 깐풍기에 짬뽕 국물까지 푸짐하게 챙기고 네가 맛있게 먹을 것을 생각하니 아빠 마음이 뿌듯하구나. 이렇게 뭐가 먹고 싶다고 말해주는 것도 아빠는 얼마나 감사한지 모른단다. 네가 다쳤을 때에는 솔직히 이런 날이 올 수 있을까 하는 의문을 가질 정도로 너는 많이 다쳤었지. 물론 아빠는 네가 빨리 깨어나리라는 확신은 있었지만. 네 덕분에 아빠도 오랜만에 짬뽕 국물로 저녁을 먹을 수 있구나.

오늘부터는 계단오르는 연습을 시작했다고? 또 오늘도 7개의 재활치료를 했다니 많이 피곤했겠다. 참, 어제부터 네가 일기를 쓰기로 했는데 간밤에는 그냥 잤다고? 오늘부터는 일기를 쓰기로 하자. 일기를 쓰는 것이 네 기억력도 살리고 재활에도 도움이 될 게다. 저녁 8시에 네 친구들이 놀러오니 다시 눈이 똥그래지는구나. 이제 어느 정도 회복되니 병원 생활이 답답한 모양이다. 친구들과 거의 한 시간 반 이상을 휠체어를 타고 나가서 병실로 오지 않는구나. 엄마, 아빠는 네게 웅담을 먹이고 집으로 가야 하는데 말이다.

네가 중환자실에서 나와 오래있었던 1인실 병실 앞을 지나는데, 전혀 그곳에 있었던 것을 기억하지 못하는구나. 지금 있는 병실 바로 앞쪽에 있었는데 말이다. 2인실로 옮긴지 2주가 돼가는데. 여태까지는 운이 좋아서 혼자서 사용하기도 했고 같이 계신 분들이 서로서로 조심스럽게 병실을 사용해서 큰 불편이 없었는데, 어제 새로 들어 온 환자는 같이 방을 쓰기에 불편한 환자이구나. 물론 세상을 살다 보면 자기에 입맛에만 맞게 살 수는 없지. 그런데도 지금 너 때문에 예민해져 있으니 많은 것들이 거슬리는구나. 너도 처음으로 옆의 환자가 시끄럽다고 투덜거렸다지. TV는 너무 크게 틀어놓고, 코도 심하게 골고, 자기들끼리 말을 할 때에도 우리들을 의식하지 않고 크게 말하고, 자기들 답답하다고 커튼을 걷어달라고 하고, 핸드폰도 진동으로 해놓지 않아 계속 걸려 오는 전화벨 소리도 신경에 거슬리고, 간병인 아줌마가 너를 씻기려 화장실을 사용하니 시끄럽다고 했다며? 그외에도 여러 가지가 마음에 들지 않는다. 정말 저런 사람들과는 같이 생활한다는 것이 쉽지 않구나. 아빠도 참으려 해도 짜증이 나는 것은 어쩔 수 없구나. 이웃을 잘 만나야 하는데…….

현준아, 우리는 이런 불편을 타산지석으로 삼아서 우리는 다른 사람들에게 불편을 끼쳐서 그런 말을 듣지 않도록 행동을 조심해야지. 다른 사람들을 욕하면서 우리도 똑같은 행동을 해서는 안 된다. 하여튼 1인실을 사용할 때보다는 불편한 점이 많구나. 그러나 불평을 하면 끝이 없지. 많은 사람들이 6인실을 이용하고 있음을 잊지 말았으면 한다. 그러면 감사하다는 생각이 들겠지. 아빠는 이렇게 말하지만 사실은 현준이 너에게 더 좋은 것들로 해주지 못해 미안하구나.

55 다치기 전으로 돌아가기 2010.2.6(토)

점심 때가 되어서 네게 갔더니 고모가 대게찜을, 할머니가 스키야키와 새우 샐러드를 해가지고 오셔서 병상에서 그야말로 잔치상을 받고 있구나. 네가 맛있게 먹는 모습을 할아버지, 할머니, 고모부, 고모, 엄마, 아빠, 현민이 모두가 흡족한 마음으로 바라보았지. 물론 옆 침대 환자는 투덜거렸지만.

모두 가시고 현민이와 병실로 올라와서는 처음으로 소변을 화장실에 가서 서서 보았구나. 하나도 불편하지도, 아파하지도 않더라. 그리고 어른답게 그동안 차고 있던 기저귀는 버리고 팬티를 입었지. 아프지 않던 예전 생활로 또 한 걸음 다가선 것이지.

현민이와 그동안 몇 번 갔었던 동관 18층 병실 쪽으로 올라갔지. 그러나 예전과는 다르게 휠체어 없이, 보조기구를 밀면서 갔지. 그곳에서 경치를 감상하다가 옆에 있는 소파에 앉았지. 네가 다치고 처음으로 의자에 앉는 것이지. 오늘은 다치고 나서 하지 못했던 것들을 다시 처음으로 하는 그런 일들이 많아서 아빠는 너무나 좋아 가슴이 터질 것 같구나.

그리고 다시 1층과 지하 1층을 정말 많이 걸어다녔는데, 잘 걷고 피곤해하거나 아파하지 않더라. 다시 병실로 와서는 네가 이번에 한국에 오기 전에 네 친구 승연이와 다녀왔던 에든버러 여행에 대해 네 컴퓨터에 써놓았던 여행 후기를 현민이와 아빠에게 보여주었지. 역시 아빠 아들이 맞구나. 아빠가 여행 후에는 언제나 여행 후기들을 썼듯이 너도 잘 정리를 해놓았더구나. 네가 찍은 사진들도 봤는데 역시 에든버러는 런던과는 다른 느낌이 있구나. 사실 에든버러 하면 축제 생각만 났던 곳인데, 아빠도 언젠가는 꼭 한 번 가봐야 겠다.

그리고 며칠 전부터 아빠와 약속했던 일기를 쓰기 시작했지. 꽤 오래 쓰더라. 무엇을 쓰고 있는지 보고 싶지만 참았지. 그래야 네 마음을 솔직히 기록하지 않겠니?

기관지절개술 부위를 아빠가 치료하려고 보니 거의 막혔구나. 이젠 진물이 나오는 것도 거의 없어서 조그마한 딱지만 붙어있는데, 그 부위가 약간 들어가있는 것이 마음에 걸리는구나. 나중에 아빠가 흉 제거 수술을 해줘야겠다. 이런 수술은 별로 아프지 않단다. 그러니 지레 겁을 먹을 필요는 없지.

저녁 식사 후에도 걷는 보조 기구를 이용해서 걸으면서 1층으로 내려가서 현민이와 함께 이런 저런 이야기를 나누었지.
이젠 가끔 아빠와 현민이에게 농담도 하는구나. 그런데 네가
어떤 부위를 다쳤는지 궁금해서 너의 다친 부위들과 다치고
부터 오늘까지의 치료 과정을 간단히 설명해주었지. 어디가 다
친 줄 잘 모르고 있다가 이제는 알겠다고 고개를 끄덕거리더
라. 그리고 예전 기억도 많이 기억해내서, 다치기 전 날 밤까지
기억을 해내는구나.

그 날 현민이와 네가 헤어지기 전까지 말이다. 그러면서도
"아빠, 아직도 꿈을 꾸고 있는 것 같아"라고 했지. 그래, 아빠
도 그렇단다. 우리는 특별하고도 행복한 꿈을 꾸고 있는 중이
란다.

56 인사 2010.2.7(일)

아침 일찍 너에게 가고 있는데, 영걸이 아저씨가 전화를 했구나. 아저씨의 지난 밤 꿈에 아빠가 많은 사람들 앞에서 현준이가 다 나았다고 연설을 했다는구나. 아마도 하나님께서 우리 현준이를 지금도 치료해주고 계심을 아빠 친구의 꿈을 통해서 보여주시는 것이겠지. 너를 보고 주일 예배를 보러갔는데, 갑자기 또 네 생각에 눈물이 와락 쏟아지는구나.

사실 아빠는 소리내어 엉엉 울고 싶단다. 네가 다친 것이 너무나 서러워서, 네가 이렇게 잘 낫고 있는 것이 너무나 감사해서 말이다. 목사님 설교 중에 이런 생각이 들더라. 성경에 보면 구약 시대에는 하나님께 잘못했을 때 회개하는 행동 중의 하나가 자신의 옷을 찢는 것이었지. 그런데 얼마 전에 네가 사고 당시 입었던 옷들을 정리했던 기억이 떠오르면서 찢겨져 있던 네 옷이 생각이 났지. 보통 응급실에 도착하여 환자의 상태가 위중하면 입고 있는 옷들을 가위로 재빨리 잘라내지. 그래야 빠른 시간 내에 어느 부위를 다쳤는데 파악하는데 도움이 되기 때문인데, 너도 응급실에 도착했을 때 똑같은 과정을 거치면서 옷들이 찢겨졌지. 아빠는 예전의 네 모습들 중 잘못을 빌어야 할 모습들에 대해서 회개하는 상징적인 의미로 옷을 찢는 행동을 다른 사람들의 손을 빌어 한 것이 아니었을까 하는 생각이 들었다. 사람은 누구나 하나님 보시기에 부끄러운 존재들이지. 그러나 그런 모습 중에 자신의 잘못을 뉘우치는 사람들을 보시고 흡족해하시지. 이번 일은 그런 맥락에서 이해할 수도 있을 것 같구나. 우리 가족과 현준이의 잘못된 모습을 회개하는 시간이라 생각한다. 현준아, 이런 과정을 거친 너는 이전의 현준이가 아니란다. 이전의 모습은 지나갔단다. 새로운 현준이로 태어난 것이지. 정말 감사한 일이지. 아빠는 앞으로의 현준이 모습이 기대가 된단다.

예배 후 피트니스센터에 갔는데, 사우나를 들어서면서 정몽준 의원님과 마주쳤단다. 나는 그분을 알아도 그분은 나를 모르시겠지. 그런데 그분이 먼저 인사를 하시는구나. 정말 오랫동안 뵈어왔지만 인사를 나눈 적은 한 번도 없었는데. 나이 어린 내가 먼저 인사를 했어야 했는데, 너무 유명한 인사여서 아빠 스스로 울타리를 치고 있었나보다. 돌아가신 정몽헌 회장님도 주위의 사람들과 스스럼없이 인사를 잘 나누셨었지. 그래서 아빠도 대화를 나눈 적은 없지만 자주 뵈면서 눈인사를 했었단다. 그분이 돌아가시는 날에도 점심 때 사우나탕 안에서 인사를 나누었었지. 얼떨결에 정몽준 의원님과 인사를 나누니 예전 생각까지 나는구나.

미안한 마음에 아빠도 마주치는 다른 분들에게 먼저 인사를 했지. 이렇게 인사를 하는 것도 전염이 되는구나. 아빠는 우리 현준이도 주위 사람들에게 먼저 인사를 하는 예의 바른 청년이 되었으면 좋겠구나.

사우나 후 아빠의 몸무게를 재니 69.7kg이구나. 네가 다친 이후로 아빠 몸무게가 줄어서 70kg을 넘지 못하는구나. 네 덕분에 다이어트도 하게 되었다. 물론 다시는 이런 다이어트 요법을 경험하고 싶지는 않지. 우리 현준이의 몸무게도 좀 늘었으면 좋겠다. 네가 많이 좋아지니 네 몸무게 타령까지 하게 되는구나. 이렇듯 사람의 욕심은 끝이 없구나. 네가 처음에 다쳤을 때에는 살아서 숨쉬기만이라도 해준다면, 조금 회복된 이후에는 똥오줌이라도 가릴 수 있으면, 누워서라도 손발을 움직일 수 있으면, 우리 가족을 가끔이라도 알아 볼 수 있으면, 말을 할 수 있으면, 음식을 입으로 먹을 수 있으면…….

요새는 네가 무엇을 먹고 싶다고 아빠에게 말할 때 아빠는 네가 맛있게 먹는 모습을 상상하며 너무나 행복해진단다.

57 급체 소동 2010.2.8(월)

　사실 어제 오후에는 아빠 몸 상태가 좋지 않아서 앉아있는 것도 힘이 들더라. 그래서 낮에 침대 옆 긴 의자에서 졸다가, 네가 막내 이모와 밖으로 나간 후 처음으로 네 침대에 누워서 잠을 청했는데, 옆의 환자도 신경이 쓰이고, 간호사들도 가끔 왔다갔다하고 해서 잠을 잘 수가 없더구나. 내가 이럴 정도인데 너는 오죽하겠니. 너도 침대에 누워는 있지만 많이 피곤하겠다는 생각이 들더라. 몸이 피곤하니 여러 가지 생각이 드는구나. 우선 병실을 다른 사람과 함께 사용해야 하는 것이 솔직히 짜증이 나고, 너를 좀 더 편안하게 해주지 못함에 안타까운 생각이 드는구나.

　어제는 집으로 오자마자 약을 먹고 잠에 들었는데, 오늘 6시 30분이 되어서야 간신히 일어났구나. 그래도 어제보다는 좋아진 것 같다. 예전의 비해 너를 간호하는데 덜 힘들고, 덜 신경이 쓰이지만 그동안 누적된 피로에 네가 어느 정도 안심할 수 있는 상태로 좋아져서 아빠의 긴장 상태가 느슨해져서 피곤을 더 느끼는 것일 게다. 그러니 아빠를 걱정할 필요는 없단다.

오늘 병원에서는 너무나 바빠서 사실 점심을 먹을 시간도 없었단다. 거의 뛰다시피 해서 어제부터 네가 먹고 싶어 하던 떡볶이를 사 가지고 네 병실로 갔지. 너에게 가는 길에 따뜻하게 느껴지는 떡볶이와 네가 맛있게 먹는 모습을 상상하니 아빠는 절로 신이 나더라. 오늘도 재활치료가 7개나 있었고, 오후에 3시간을 연속으로 해서인지 네 얼굴이 약간은 피곤해보이더라. 그래도 떡볶이를 보더니 얼굴에 미소를 띄는구나. 저녁식사 후에 먹었으면 좋으련만, 그새를 참지 못하고 저녁 식사 전에 후다다닥 정말 맛있게 먹어치웠지. 그러고 나니 저녁식사가 와서 먹으려는데, 아빠 오기 전에 배달을 시킨 피자가 도착해서 너는 피자를 먹겠다고 숟가락을 놓는구나. 그래서 병원 밥은 아빠가 대신 먹고, 너는 피자를 맛있게 먹었지.

저녁식사 후에 병원 산책을 하자며 졸라서 걷기 보조 기구를 사용해서 지하층으로 내려와서 조금 걸었는데, 네가 갑자기 어지럽다고 병실로 올라가자는구나. 엘리베이터를 기다리는데 머리까지 아프다고 하는구나. 음식을 급하게 먹다가 결국은 체한 것이었지. 병실로 올라와서 손발 마사지를 해 주고, 핫팩을

배에 올려주고, 소화제를 먹이고, 옆의 환자 보호자로부터 매실 엑기스를 받아서 먹이니 두 시간 정도 지나서 이제 괜찮다고 하는구나. 나중에 들으니 오늘 아침은 네가 빵을 신청해서 먹었고, 점심은 자장면이 나왔다는구나. 오늘은 세 끼 모두를 밀가루 음식으로 먹은 셈이지.

너를 마사지해주면서 너와 함께한 터키 여행 생각이 나더구나. 네가 생선을 많이 먹고 체해서 6,7시간이나 마사지를 하면서 이동했던 기억에 너는 아픈데도 자꾸 미소가 지어진다.

오늘 검사한 결과를 보니 간기능 수치가 조금 올라가 있고, 콜레스테롤 수치도 올라가 있구나. 별 것은 아닌 것 같고, 내일부터는 다시 병원 식사에 충실하고 그 외에 야채와 과일을 보충하는 것으로 네 먹거리를 바꾸는 것이 좋을 것 같구나.

수술한 왼쪽 다리가 잘 구부러지지 않아서 혼자서 왼쪽 발에 양말을 신지 못했던 모습이 계속 눈에 밟히는구나. 그러나 걱정하지 말아라. 너는 더 나쁜 상황에서도 잘 이겨냈단다. 이런 것은 아무 것도 아니지.

58 때를 기다리는 귀한 시간 2010.2.9(화)

어제부터 날씨가 푸근하더니 오늘은 겨울비가 내리는구나. 네 병실에서 보이는 경치가 나쁘지 않겠다. 어제 체해서 머리 아프고 어지러웠던 증세는 좋아졌는지 모르겠다. 오늘은 아빠가 예약 환자가 많아서 바쁠 것 같구나. 마지막 예약 환자의 온 가족이 아빠 진료실에 들어와서 환자의 상담이 끝났는데, 다른 가족들이 계속 질문을 해서 상담이 길어지는구나. 아빠도 성실하게 상담에 응해주고 있긴 하지만, 사실 아빠의 마음은 이미 네게 가 있어서 조금 조급해있긴 하단다. 서둘러 네게 가려는데 현민이에게 전화가 왔구나. 현민이와 잠실역에서 만나서 네가 며칠 전부터 노래를 부르던 순대, 맛탕을 사가지고 갔지. 네가 병원에 입원한 이래 가장 늦게 도착해서 이미 너는 저녁을 먹고 저녁상을 다 치웠구나. 잘 되었지. 아빠가 사 가지고 간 순대와 맛탕을 디저트로 조금씩만 맛보면 되겠다.

얼굴이 보기 좋은 것을 보니, 몸 상태가 좋은 것 같구나. 실제로 오늘 재활 운동 시간에 걷기도 많이 하고, 치료실 계단이 아니라 병원 계단을 힘들이지 않고 많이 걸었다고 하더라. 정말 하루가 다르게 좋아지고 있구나. 감사한 일이지.

저녁 식사 이후에 병실이 답답하다고 해서 1층 로비 의자에 앉아서 우리 네 식구가 오순도순 의자에 둘러앉아 이런저런 이야기를 나누었지. 네가 의자에 앉아서도 불편해하지 않아 보기 좋더라. 지난 여름에 아르바이트로 학생들을 가르치던 일도 기억해냈고, 네가 한국에 오기 전에 올 여름에 일하려고 여러 회사에 인턴십 지원을 했던 것도 기억해내고 확인을 하고 싶어하는데 정작 이메일 패스워드를 잊어버려 확인하지를 못해 아쉬워하더라. 현준아, 아빠는 너처럼 다치지 않았어도 수시로 비밀번호를 잊어버린단다. 조금의 시간이 더 지나면 기억이 나리라 생각한다. 그러니 조급해하지 말아라.

우리 가족 모두가 네 머리가 길다고 병원내 미용실에서 자르라고 하니, 네 단골 미용실에 가서 자르겠다고 버티더라. 이제 어느 정도 몸을 추스리니 외모에도 신경을 쓰는구나. 그래, 퇴원 후에 네가 원하는 곳에서 머리를 다듬도록 해라. 이렇게 외모에 신경을 쓴다는 것 자체가 아빠의 마음을 편안하게 하는구나. 요즈음 네가 입에 달고 사는 말이 "답답해"라지. 물론 답답하겠지. 그러나 우리 몸은 손상을 받으면 낫는 과정을 거치도록 되어 있단다. 조급해 한다고 더 빨리 낫지는 않으니 현준아, 이번 기회를 통해서 모든 일에 적당한 때가 있음을 이해하고, 그때가 올 때까지 기다리는 것을 배웠으면 한다. 그리고 너에게 말을 하지 않고 있지만, 답답하기로 치면 엄마, 아빠, 현민이가 더 답답하단다.

답답하다고 짜증을 내서인지 네 얼굴에 갑자기 피곤함이 가득하구나. 좀 더 느긋한 마음으로 병원 생활을 하기 바란다. 유명한 말을 아빠가 조금 바꿔서 쓰는 말이 있지. "스트레스를 피할 수 없다면 차라리 즐겨라."

59 잔소리 2010.2.10(수)

　오후에 네게 도착하니 네 작은엄마가 와서 엄마와 이야기 중이구나. 네 작은엄마가 김밥을 해와서 너는 점심으로 김밥을 먹고 병원에서 나온 점심은 손도 대지 않았구나. 그래서 아빠가 점심으로 병원밥을 먹었지. 볶음밥인데 먹을만 하더라.

　오전에도 재활치료를 3개나 했더구나. 오후의 재활치료를 위해 재활치료실로 가니, 작업치료를 담당한 물리치료사 말이 너무나 많이 좋아졌다고 하는구나. 오전에 척추 부위의 엑스레이를 찍으러 갔다가 현준이 네가 처음 다쳤을 때부터 봐왔던 엑스레이 기사가 어떻게 올 때마다 그렇게 많이 좋아지는지 놀랍다고 했다지. 열전기 물리치료 중에, 치료받는 침대 옆에서 아빠가 보고 있으니 네가 너무나 평안하게 잠을 자는구나. 네 어릴 때 귀여웠던 모습을 발견하게 된다.

　운동치료도 열심히 해서 오른쪽 다리는 거의 정상이고, 왼쪽 다리도 7~80% 프로는 회복이 된 것 같다고 하는구나. 계단도 비교적 잘 걷는데 아직 계단에서 내려올 때는 왼쪽 다리가 들리면서 불안정한 게 좀 더 연습을 해야 겠다. 오후의 다섯 번째 재활치료인 운동기구 치료때에는 많이 피곤해 보인다.

그래도 아빠가 보고 있으니 열심히 하려는 모습이 눈에 보이는구나. 재활치료실에서는 네가 인사를 잘해서 거의 모든 물리치료사들이 좋아하는구나. 그래, 사회 생활하는 데 인사만큼 네 자신을 다른 사람에게 알리고 인상을 좋게 보이게 하는데 더 좋은 방법은 없지. 지금처럼 앞으로도 모든 대인 관계에서 인사를 잘 했으면 한다. 병실에 올라 와서는 졸린데도, 지금 자면 밤에 잘 잘수 없다고 자지 않고 버티는구나. 저녁을 먹고 나니 네가 하루 종일 기다리던 네 친구들이 왔구나. 답답한 병원 생활에 그야말로 단비가 내린 셈이지. 친구들과 병원 로비로 가서 즐거운 시간을 보내는가 보더라. 너무 즐거웠는지 입원치료 중인 네가 두 시간 반이 지나서도 올라오지 않는구나. 그동안 네 주치의와 정형외과 선생님들이 네 상태를 보러 왔는데 말이다. 아빠는 네가 그렇게 다치고도 아직 정신을 차리지 못한 것 같아서 걱정이 되는구나. 그래서 아빠가 잔소리를 했더니 네가 계속 풀이 죽어있어서 간병인 아줌마와 교대하고 집으로 가는 길에 계속 마음에 걸리는구나.

현준아, 아빠는 살아오면서 지난 50여일 동안 가장 크게 놀라서 이젠 조그만 일에도 가슴이 놀라게 되는구나. 아빠가 너를 사랑하는 마음이 너무나 커서 그런 것이니, 그렇게 이해하기 바란다. 그러면서도 아직 아픈 네게 잔소리를 괜히 했다보다 하며 자책하게 되는구나. 우리 현준이는 이번 일 이후에 더 멋진 현준이가 되리라 믿는다. 사랑한다.

60 아쉬운 기회들 2010.2.11(목)

이틀 동안 겨울비가 내리더니, 오늘은 눈과 비가 섞여 내리는구나. 눈이 올 때마다 네가 많이 좋아져서 오늘도 더 나아진 네 모습을 볼 수 있을 것 같은 느낌이 든다. 오늘은 구정 연휴 이틀 전이라서 아빠가 병원에서 너무나 바빴단다. 환자들을 보고 있는데, 엄마가 허리가 아프다고 전화가 왔구나. 그동안 네 간호를 위해 무리를 했나보다. 아직 네가 다 낫지도 않았는데 걱정거리가 또 하나 생겼구나.

그저께서야 네 사고 소식을 처음 듣고 깜짝 놀랐던 동료 선생님이 너를 먹이라고 인삼을 어제 보내오셔서, 오늘부터 인삼을 사과, 우유에 갈아서 주기 시작했지. 정말 많은 분들이 네가 빨리 나을 수 있게 마음과 정성을 모아주시는구나.

오늘 회진 시간에는 네가 많이 좋아져서 다음 주 정도에는 퇴원해서 통원 치료를 해도 될 것 같다고 했다지. 정말 감사한 일이구나. 오랜 입원 생활에 답답해하던 너에게는 정말 가뭄의

단비와 같은 즐거운 소식이었겠다. 사실 현준아, 어떻게 너뿐이겠니? 우리 가족 모두 또 현준이를 아는 모든 분들, 너를 위해 계속 기도해주시던 분들 모두 기뻐하는 일이지.

그동안 네가 한국에 오기 전에 이번 여름의 인턴십을 지원했던 결과를 궁금해했는데, 네 학교 메일의 패스워드를 기억을 못해 알 수가 없었지. 오늘 네 학교로 전화를 해서 네 메일을 열어 보니 그동안 거의 200개의 메일이 와 있구나. 그 중 인턴십을 지원했던 회사의 메일을 골라보니 골드만삭스와 바클레이에서 합격이 되었으니 면접을 보러오라는 메일이 와 있는데, 전부 면접 날짜가 지났구나. 안타까운 일이지만 또 다른 기회가 있겠지.

아빠도 안타까운 마음이지만, 아빠는 네가 이런 상황을 안타까워하고 있을 수 있을 정도로 네 기억력이나 판단력이 회복된 것이 너무나 감사하구나. 그런 기회들은 앞으로 얼마든지 올 수 있지.

간병인 아줌마와 교대하기 전에 엄마, 현민이와 우리 가족 모두가 네가 컴퓨터를 다루며 인터넷을 하고 있는 모습을 보고 있으니, 네가 다치고 그래왔듯이 또 꿈을 꾸고 있는 것은 아닌지 하는 두려움 아닌 두려움을 가지게 되는구나. 네가 정신없이 누워있을 때 네가 그렇게 되기를 꿈꿔왔던 너의 모습이었거든. 저녁 늦게 네가 아는 누나가 오니 너무나 네 얼굴이 밝아지는구나. 이제 조금만 참으면 네가 만나고 싶은 그리운 사람들을 마음껏 만날 수 있지. 오늘도 즐거운 이야기를 많이 나누면서 기억하기 싫은 것들은 영원히 지워버리고, 잊었던 즐겁고 신나는 기억들을 더 많이 회복했으면 좋겠구나. 사랑한다. 우리 아들.

61 '싸이질' 2010.2.12(금)

오늘은 네게 가는 길에 버스 창밖으로 눈이 조금씩 내리는데, 네가 오늘도 많이 좋아지리라는 느낌이 드는구나.

오전에 아빠 병원에서 진료 중에 동료인 산부인과 진료부장님이 아빠 진료실에 놀러왔다가 네 사고 소식을 처음 접하고는 너무나 놀라시는구나. 아빠하고는 20년 전에 차병원에서 같이 근무했고 나이도 비슷해서 친하게 지내는 선생님이란다. 작년에 이 분도 집에서 정신을 잃으면서 추락해 크게 다쳐서 6개월 정도 입원 치료를 했었지. 네 소식을 들으면서 현기증까지 난다고 하면서 많이 안타까워하다가, 그래도 지금은 네가 많이 좋아졌다고 하니 감사한 일이라고 하는구나.

네게 도착하니 연휴 전날이라 많이 바쁠텐데 아빠 친구가 와 있다가 세배도 하지 않은 네게 세뱃돈을 주고 가시면서, 올 때마다 네가 좋아져서 감사하다고 하시면서 가셨지. 오전에는 재활 운동을 세게 해서 오후에는 힘이 달려 나머지 치료를 취소

하고 병실에서 쉬었다고 하더라. 그래서 아빠가 도착했을 때에는 얼굴 모습이 밝고 좋아보이더라. 그동안 사용하지 않던 근육들을 과도하게 사용하면 근육통과 피로감이 오게 되지. 그러니 빨리 퇴원할 욕심에 너무 무리하지 말아라. 운동은 서서히 늘려가야 좋단다.

네가 드디어 오늘부터는 인터넷도 하고, '싸이질'도 하는구나. 오랜만에 인터넷도 검색하며 친구들과 메모를 주고받으니 얼마나 좋겠니. 그런데 이렇게 인터넷을 하다 보면 네 사고에 대해 알 수 있을 것이고, 그로 인해 정신적으로 충격을 받을 수 있을 텐데, 네가 잘 이겨냈으면 좋겠구나. 아빠는 네가 사고와 관련된 고통스러운 기억들은 영원히 잊어버렸으면 좋겠는데…….

아빠도 내일부터 3일 동안 연휴여서 마음 편히 너와 함께 할 수 있어서 좋구나. 저녁에는 아빠 사촌들이 번갈아서 왔다가 네가 너무나 많이 좋아진 걸 보고 좋아하며 갔지.

현준아, 너도 이젠 긴장을 풀고 하나님이 치료해주시는 대로 받아들이기만 하면 된단다. 감사하는 미음으로.

62 우리도 알지 못한 많은 사람들의 도움을 생각하며 2010.2.13(토)

아침에는 정말 눈이 많이 내리는구나. 그런데 네게 출발할 때에는 희한하게도 우리 집 부근의 하늘이 먹구름이 덮어 눈이 많이 오는데 그 짧은 거리에도 네게 가는 길에는 점점 눈이 줄어들더니, 네가 있는 병원 근처의 하늘은 눈이 별로 오지 않는구나. 아빠가 네 병실에 도착하니 그제야 새까만 구름이 몰려오면서 눈이 많이 내리는구나. 마치 이스라엘 백성들이 애굽을 탈출할 때 구름으로 하나님께서 인도하셨던 광경처럼 말이다. 오늘도 네가 얼마나 좋아질지 흥분이 되는구나. 너에게 도착하니 벌써 아침 식사를 마쳤구나. 오늘부터 구정 연휴가 시작되는 날이지만 아빠는 치료해야 할 환자들이 계셔서 너를 잠깐 본 이후에 아빠 병원으로 갔지.

치료 후 피트니스센터에 가서 오랜만에 편안한 마음으로 간단히 운동을 하고 사우나에 있는데, 갑자기 오전의 신문 기사가 생각나더구나. 우리나라 사람들은 구급차가 지나갈 때 양보를 하지 않아서 구급차가 빨리 도착을 할 수 없어서 환자들의 생명을 더 많이 살리지 못하고 있다는 내용이었는데, 개선책으로 법적으로 라도 규칙을 정해서 구급차에게는 무조건 길을 터주어야 하고 이런 규칙을 지키지 않으면 처벌하는 법을 검토한다는 것이었지.

이 기사가 갑자기 떠오르면서 아빠가 잊고 있었던 것이 생각이 났지. 네가 교통사고를 당했을 때 그냥 지나치지 않고 신고를 해주셨던 많은 분들, 그 신고에 빨리 출동을 해서 너를 병원까지 후송해주셨던 구급대원들, 또 네가 탔던 구급차가 빨리 병원에 도착할 수 있도록 길을 비켜주셨던 분들, 그리고 병원에 도착해서는 빠른 시간 내에 응급 처치를 해주셨던 의료진들…….. 누구인지 알 수는 없지만, 네게 도움을 주신 감사한 분들이지. 너는 이렇게 알지 못하는 많은 분들에게 도움을 받아서 오늘 이렇게 깨어날 수 있었던 거란다. 너는 평생 이런 고마운 손길을 기억하기 바란다. 그리고 이렇게 이름 모르는 남들로부터 도움을 받았듯이, 너도 앞으로 남들을 도와주는 역할을 하면서 살아야 함을 잊지말아라.

엄마가 아빠 쉬라고 천천히 오라고 하면서, 네가 엄마 말은 듣지 않고 하라는 운동도 하지 않으면서 컴퓨터만 하고 앉아있다고 빨리 와서 혼을 내주라고 하는구나. 그러나 아빠 생각은 조금 다르지. 오랜만에 하는 컴퓨터인데 마음껏 해라. 가끔 눈이 피곤하면 그때 운동도 좀 하고. 오늘은 아빠 몸무게가 69.9kg이구나. 너의 몸이 나아가니 아빠 몸무게도 슬슬 늘어간다.

어제까지 혼자서 왼쪽 발에 양말을 신지 못하다가 오늘부터는 혼자도 신는구나. 사실 아빠는 속으로 걱정을 했는데 말이다. 집에서 쉬려고 했는데 네 생각에 쉴 수가 없구나.

아빠 욕심이라고 생각하고 마음을 느긋하게 먹으려 하긴 하지만, 그래도 네가 어서 건강하게 퇴원하는 날만 기다리게 된단다. 그러니 함께 더 힘을 내자꾸나.

63 구정 떡국을 먹으며 2010.2.14(일)

오늘이 구정이구나. 현준아, 네가 9년 만에 구정 때 서울에서 지내는구나. 병원에서도 구정이라고 조금이지만 떡국이 나왔구나. 엄마, 현민이와 함께 네 병실에서 함께 아침식사를 했지. 비록 병실이지만 온 가족이 모여서 아침을 함께 먹을 수 있다는 것이 꿈만 같고 감사하구나. 현민이가 식사 후에 우리 가족이 이렇게 함께하고 있는 것이 꿈만 같다고 말하는데 우리 가족이 모두 공감을 했지. 엄마도 현민이도 감정이 북받치는 듯 눈물을 조금 보였지. 사실 아빠도 감격해서 울고 싶은데 참았지. 물론 현준이 너는 아직도 어리둥절하겠지.

오늘 아침 일찍 깨어나 샤워도 했다고 하더라. 식사 후에는 침대에서 머리도 감고, 얼굴도 씻고, 이빨도 닦고, 손발톱도 깨끗이 다듬고, 코털도 자르고 나니 얼굴이 번듯하구나. 내 아들이어서가 아니라, 어디서나 잘 생겼다는 소리를 들을 만하구나.

또 다치고 나서 입으로 손톱을 물어뜯는 습관이 없어졌다고 말하는데 참 기분이 좋다. 이렇게 그동안의 나쁜 습관이나 불쾌한 기억들은 네 머릿속에서 지우개로 지우듯 싹 없애서 잊어버리고, 좋은 기억들과 공부했던 기억만 남으면 좋겠구나.

현민이와 아침식사 후에 주일 예배를 보러 왔는데, 현민이가 많이 피곤한 것인지 아니면 몸이 어디 좋지 않은 것인지 목사님의 설교와 찬송가 소리를 자장가 삼아 잠깐씩 조는 게 아니라 아예 머리를 전후좌우로 흔들면서, 가끔은 제 스스로 놀라서 깜짝 눈을 떴다가 하면서 자는구나. 그동안 네 간병을 하면서 몸도 마음도 많이 지쳤을 테고, 요즈음 네가 많이 좋아져서 긴장이 풀어지니 그렇겠지.

오후에 다시 현민이와 네 병실로 가서 엄마와 교대하니, 휴일이어서인지 병실이 너무나 조용하구나. 어제는 허벅지가 아프다고 하더니 오늘은 또 괜찮구나. 아빠는 저녁에 아빠 친구와 저녁을 먹기로 약속을 해서 가려는데, 현준이 너도 답답한지 같이 따라가고 싶어 하는구나. 그래서 엄마에게 네 옷을 가져다 달라고 했더니, 엄마는 네 콜레스테롤 수치가 높아서 음식 조절을 해야 한다고 말리더라. 간호사실에 이야기하고 잠깐 밖에서 식사를 하려고 했는데. 아쉽지만 며칠 후에 퇴원하면 그때 맛있는 것을 먹으러 가자꾸나.

그러는 사이에 저녁 식사가 나왔는데, 현준이 네가 컴퓨터

옆으로 식사를 밀다가 그만 식사가 쏟아져 버렸지. 그런데 현민이가 간호사실에 가서 저녁이 쏟아졌으니, 저녁을 다시 달라고 말하고 오는구나. 실수는 우리가 했는데 현민이의 당찬 모습에 아빠는 당황도 되면서 우리 현민이는 어디에 내놓아도 잘 살겠다고 안심이 되더라. 그냥 순둥이인 줄만 알았는데 말이다.

그동안 수고하신 간병인 아줌마가 구정 하루 휴가를 달라고 하셔서 쉬시고 오늘 밤에는 현민이가 밤에 너를 보기로 했지. 현민이와 현준이 너희 둘만 남기고 병실을 나오는데, 어릴 때 너희 둘이서 차만 타면 뒷자리에서 싸우던 생각이 나는구나. 이제 커서 너희 둘만 있어도 싸우지 않지?

64 잠시 병실을 벗어나 2010.2.15(월)

어제는 네가 다치고 두 번째로 저녁 식사 시간에 너와 함께
보내지 않았구나. 어제는 실로 오랜만에 명훈이 아저씨와 이런
저런 이야기를 하면서 저녁을 맛있게 먹었지. 어제가 구정인데
도 병원에서 가까운 신천역 부근은 거의 모든 가게가 문을 열
고 영업을 하고 있더라. 사실 아빠는 어제 약속 장소로 가면서
구정이라서 쉬지 않을까 걱정이 되었거든.

어제 늦게까지 명훈이 아저씨와 있었더니, 오늘 아침에는 피
곤하구나. 그래서 아침에 피트니스센터에 가서 사우나를 하고
집에 와서 엄마와 함께 현민이와 교대하기 위해 너에게 갔지.
가는 길에 네가 좋아하는 신사동 해장국집에서 해장국을 사가
지고 가려 했는데, 네가 김치찌개가 먹고 싶다고 해서 병원 구
내식당에 가려고 네 옷을 준비해갔지.

병원에 가서 너와 이야기를 나누는데 그렇게 좋아하던 그 해
장국집을 네가 잘 기억을 하지 못하다가, 아빠가 설명을 자세

히 하니 그제야 기억을 해내는구나. 병원 내 식당에는 환자복을 입고 들어갈 수 없어서 집에서 가지고 간 옷을 환자복 위에 입고 먹고 싶어 하던 김치찌개를 맛있게 먹었지. 무려 59일 만에 병실에서 벗어나 식당에 가서 밥을 먹은 것이지. 그러니 얼마나 맛있었겠니?

식사 후 엄마는 화실로 가고, 현민이는 친구 만나러 가고, 아빠와 둘이서 병실로 와서는 이내 잠이 드는구나. 아마도 어젯밤에 현민이와 이야기를 나누다가 늦게 잠들었나보다. 잠자는 모습에서 네 어릴 때 모습도 찾을 수 있구나.

네가 곤하게 자는 모습을 보고 있는 것도 너무나 감사하구나. 이런 날이 과연 올 수 있을지 걱정이 많았었는데 말이다. 자고 일어나서는 운동을 하겠다고 해서 걷는 연습도 하고, 계단을 오르내리는 연습도 했지. 이젠 걷는 것도 자연스럽구나. 계단을 오를 때에도 많이 편해졌고. 그런데 아직 계단에서 내려오는 것이 불안하구나. 저녁 식사 이후에 또 운동을 할 때는 계단에서 내려오는 것도 아까보다 훨씬 좋아졌다. 지금 이런 정도면 이번 주에 퇴원하는 데 문제가 없을 것 같구나.

현준아, 너무 서두르지 말자. 너는 지금 네가 입원해 있는 병원에서 너는 지금 빠르게 회복 중이지. 즐거운 꿈만 꾸자. 우리 가족 모두가 네가 퇴원 후 가고 싶어 하는 런던에서 즐거운 시

간을 가지고 있는 모습을 그려보아라. 지금 네가 할 일은 하나

님께 감사하는 것이지.

65 깜깜한 터널의 출구 2010.2.16(화)

구정 연휴가 끝나고 오늘부터 다시 일상생활이 시작되는구나. 연휴가 끝나면서 날이 많이 추워졌다. 너에게 4시 50분 정도에 도착하니 곤하게 자고 있구나. 오전에 재활치료를 1개 하고, 오후에 6개를 계속해서 많이 피곤한 것 같구나. 오랫동안 침대에 누워있으면서 쓰지 않던 근육을 다시 사용하면 근육통과 피로감이 심하게 되지. 엄마가 네가 잠든 지 얼마 되지 않았다고 해서 침대 옆에서 잠자고 있는 너를 지켜보고 있으니 아주 편안하게 자는구나.

그런데 오늘 다시 바뀐 옆 침대의 환자와 보호자들이 많이 와서 너무나 시끄럽게 구는구나. 요즈음은 6인실에 가기를 기다리는 사람들만 계속 옆 침대에 들어와서 하루 이틀 있다가 나가면서 새로운 환자로 계속 바뀌니 정말 불편하구나. 모처럼 잠에 들었다는데, 혹시라도 시끄러워서 네가 깨지나 않을까 걱정이다. 이런 환경이라면 차라리 퇴원해서 통원 치료를 하는 것이 너에게 좋을 것 같구나. 그래도 6인실에 입원해서 치료 받고 있는 대다수의 환자들을 생각해서 좀 참거라.

저녁식사를 자느라 조금 늦게 먹고는, 다시 운동을 하겠다고 병실 복도를 엄마와 걷는구나. 그렇게 운동을 하다가 수술을 해주신 정형외과 선생님도 만나고, 재활의학과 주치의 선생도 만나서 퇴원할 정도가 된 것 같다고, 퇴원 전에 추적 관찰이 필요한 방사선 촬영을 다시 하기로 했지. 오늘 검사한 간기능 수치도 정상화되었고, 콜레스테롤 수치도 정상화되었구나. 사실 퇴원을 결정할 때 간기능 수치가 높아서 찜찜한 게 마음에 걸렸었는데 다행이다. 알카리토류인산염 수치는 아직 높긴 하지만 좀 낮아졌구나. 계속 낮아지고 있어서 다행이지만 좀 더 빨리 수치가 떨어졌으면 좋겠구나.

퇴원 이야기가 나오면, 병실 생활이 답답해서 조바심이 나게 마련이지. 현준아, 그러나 모든 일에는 때가 있단다. 아빠는 이번 기회에 네가 그런 때를 기다리는 법을 깨닫고 퇴원할 수 있으면 좋겠구나.

간병인 아줌마와 교대 전에 이제 얼마 남지 않은 웅담을 먹이려고 엄마가 정성껏 웅담을 녹이고 있다가 그만 쏟고 말았지. 그 광경에 엄마, 현준이 그리고 아빠의 눈은 정말 휘둥그레 졌다. 귀중한 약인데 말이다. 그래도 좋은 것을 네게 먹이려는

애틋한 마음과 그 쏟아진 약을 안타까워하는 정성이, 입에 쓰지만 열심히 먹고 회복하려는 네 열정이 비록 약은 네 입으로 들어가지 못했지만 똑같은 효과를 발휘하리라 아빠는 생각한다.

현준아, 이제는 입원 생활의 끝이 보이는 것 같구나. 정말 앞이 하나도 보이지 않는 캄캄한 터널 속을 오랫동안 달려서 반대편 터널 끝의 출구에서 쏟아져 들어오는 햇빛을 본 느낌이다. 우리 가족은 정말 그렇게 앞이 전혀 보이지 않는 터널을 너와 더불어 서로서로의 손을 꼭 잡고, 주위 사람들의 관심과 절대적인 도움을 받으며, 하나님이 인도하시는 대로 어두운 곳에서 밝은 곳으로 뚫고 나오는 중이지. 우리 가족은 하나님이 허락하신 희망의 빛을 바라보고 있는 것이지.

66 퇴원을 준비하며 2010.2.17(수)

　오늘도 어제에 이어서 계속 추운 날씨이구나. 너는 병상에서 느끼지 못했겠지만 올 겨울은 유난히 춥고 눈이 많이 왔단다. 사람이 살다 보면 좋은 날도 있고, 그렇지 않은 날도 있지. 그런 싸이클은 반복이 되지. 이제 우리 가족은 즐거운 날들을 맞을 차례인 것 같구나. 이런 좋은 날들을 맞이하려면 너도 마음의 준비를 해야지. 이제부터는 퇴원 후 네가 더 좋아져서 피트니스센터에서 뛰는 모습을 상상해보기도 하고, 가늘어진 네 팔과 다리와 복부 근육을 늘리기 위해 운동하고 있는 너의 건강한 모습을 그려도 보고, 우리 가족도 함께 네가 가고 싶어 하는 런던으로 여행을 가서 마음껏 웃고, 만나고 싶은 친구 지인들도 만나고, 네가 가고 싶은 장소도 방문을 하는 그런 유쾌한 모습도 상상해 보고, 입원하고 있느라 먹지 못했던 음식들을 생각해내서 리스트를 작성하며 맛있게 먹고 있는 즐거운 모습을 생각하며 입안에 어느새 고인 침을 꼴깍 삼켜보기도 해라.

오늘은 아빠가 오전 근무만 하는 날이지만, 더 빨리 퇴근을 해서 너에게 가니 12시가 아직 되지 않았구나. 너는 심장 MRI 사진을 찍으러 내려가 있고, 병실에는 할아버지, 할머니, 고모가 네가 먹을 밥을 해 오셔서 기다리고 계시는구나. 병실로 돌아온 너는 MRI 촬영을 위해 굶어서인지 맛있게 잘 먹는구나.

오전에 영국에 있는 네 선배를 통해서 네 사고에 대해 들었다고? 그래서 엄마가 더 자세히 사고에 대해 설명을 해주었다고? 얼마나 머리 속이 혼란스럽니? 사실 너희들이 엄마 아빠 말을 듣지 않고 행동하다가 부모들 가슴 속에 대못을 박은 행동이었지. 사고에 대해 잘 기억은 나지 않겠지만 신중히 생각하고, 반성하고, 자중하기 바란다. 그리고 앞으로는 어떻게 살아야지 결심하는 시간이 되었으면 한다.

아침에 언어치료와 오후에 5개의 재활치료 스케줄을 소화하면서 그 사이에 심장 MRI도 찍고, 안과에도 가서 시력을 측정했지. 다행히 이번 사고가 눈에는 별 영향이 없어서 시력이 더 나빠지지는 않은 것 같더라. 아빠는 그 중간에 재활의학과 네 담당 교수님을 만나서 고맙다는 인사를 전하고 앞으로의 치료도 부탁드렸지. 인상이 좋으시더라. 네가 빨리 회복되고 있는 것에 대해 반가워하시더구나.

이제 퇴원을 준비하려고 그동안 네 병실을 지키고 있던 화분들도 치우고, 이젠 사용하지 않는 물건들 일부는 집으로 보냈지. 물론 현준이 네가 가장 바라는 것이겠지만, 퇴원 이야기가 나오니 엄마도 아빠도 약간 흥분이 되는구나. 그리고 겉으로 표현은 하지 않았지만 어느 정도 조바심도 나는구나. 그래도 퇴원하기 전까지 최선을 다해서 치료에 임하고, 그동안 너를 위해 수고하셨던 분들에게 뵐 때마다 너의 고마움을 표시하기 바란다. 너의 치료를 위해 참여하셨던 수많은 분들의 땀들을 너는 살아가면서 잊지 말아야 한다.

너와 현민이와 아빠 셋이서, 어쩌면 마지막 병원에서의 밤이 될지도 몰라서 저녁 식사 후에 지하 1층의 제과점 앞의 의자에 앉아서 이런저런 이야기를 나누었지. 정말 60여일이 어떻게 지나갔는지 모르겠구나. 그리고 아직도 꿈을 꾸고 있는 느낌이구나. 또 마침 그 시간에 서상록 선교사님이 네 상태가 궁금해 전화를 하셨다가 퇴원 준비를 하고 있다는 말에 너무나 좋아하시는구나. 내일 이 시간에는 우리 가족 모두가 이 병원 밖에서 함께 있는 즐거운 모습을 상상해본다.

67 너무나, 너무나 행복한 밤 2010.2.18(목)

　비록 새벽에는 눈발이 가늘어졌지만, 지난 밤 사이에 눈이 많이 내려서 온 세상이 하얗구나. 서울은 오전 8시에 거의 9cm가 내렸다는구나. 네가 입원하고 나서 눈이 올 때 마다 네 증세는 좋아졌었지. 그래서 오늘 내린 눈도, 네가 많이 좋아져서 퇴원하는 것을 축하하는 눈이라는 생각이 드는구나. 현준아, 네가 입원해 있는 동안에 눈이 내려도 보지 못했을텐데, 이제서야 너도 눈이 내린 풍경을 볼 수 있겠구나.

　아빠가 오전에 환자를 보는데 마음은 벌써 너에게로 달려가 있으니, 시간이 참 더디 가는 것 같구나. 그런 와중에 현민이가 학교에 가는 길에 네가 퇴원할 때 입을 옷을 아빠에게 가지고 오니, 네가 퇴원하는 것이 실감이 나는구나. 엄마가 아침에 네가 오늘 퇴원한다고 좋아하면서 너를 치료하는 데 도움주셨던 분들에게 인사할 것들만 챙기고는 정작 네 옷가지는 챙기지 못했다더구나. 엄마도 정신이 없었겠지.

오전 중에는 왼쪽 대퇴골 수술 부위에 대한 혈액 공급 여부
와 대퇴골 주위에서 생성되고 있는 뼈들의 치료 경과를 체크하
기 위해 방사선 검사를 했지. 그 결과는 통원 치료 시에 확인하
면 되고, 교합이 잘 맞지 않는 느낌에 대해 치과에서 진료를 받
았는데, 별 이상이 없는 것으로 진단되었다. 어제 찍었던 심장
MRI는 특별한 소견이 없는 것으로 나왔지. 아빠 생각에는 적
어도 이번 MRI 전의 영상을 가지고 판독을 했던 영상의학과
선생이나, 그 소견을 근거로 심장 수술을 하자고 하였던 흉부
외과 선생은 네가 입원해서 처음에 촬영했던 영상과 저번에 심
장 수술을 하자고 했던 영상과 어제 촬영했던 영상을 비교 분
석해서 설명을 했어야 한다고 생각하지. 정말 너무나 가볍고
무책임한 행동에 대해 화가 난다. 아빠가 이의를 제기하지 않
았으면 필요 없는 위험한 수술을 할 뻔했고 그 이후에 다시 중
환자실에서 치료를 받았을 걸 생각하니 몸서리가 쳐지는구나.

아빠도 서둘러 너에게 가고 싶었지만, 환자들 때문에 4시가
넘어서야 네 병실에 도착을 했지. 너와 현민이는 재활치료의 오
늘 마지막 스케줄인 균형치료를 하러 내려가 있었고, 엄마 혼
자서 네 병실의 짐들을 정리하고 있었지. 엄마와 함께 물리치
료실로 내려가서 온 가족이 물리치료실을 돌면서 그동안 우리
현준이의 치료를 위해 수고하셨던 분들에게 고맙다는 인사를

하고 병실로 올라왔지.

병실에선 그동안 현준이 치료를 위해 밤마다 수고하셨던 간병인 아줌마가 오셔서 짐 싸는 것을 도와주셨지. 아빠는 짐을 싸는 동안에 1층 원무과로 가서 퇴원 수속을 하고, 다시 네 병실로 올라와서 간호사들에게 인사를 하고 짐을 가지고 내려왔단다.

병원을 나서는데 오전에 그렇게 많이 왔던 눈들은 녹아서 운전하기는 편안했지만, 눈 덮힌 풍경을 감상하기에는 별로였지. 네가 그런 풍경을 보고 싶었을 텐데 말이다. 네가 드디어 퇴원하게 되어서 기분이 정말 좋구나.

입원 중에 네가 그렇게 먹고 싶어 하던 삼겹살집에 가서 저녁 식사를 맛있게 하고, 집으로 와서 온 가족이 모여서 하나님께 감사 기도를 드렸다. 오늘은 너무나 행복한 밤이구나. 우리 가족 모두가 우리 집에서 이렇게 모여 수다를 떨 수 있으니 말이다. 현준아, 이제 아무 걱정하지 말고 네 방에서 좋은 꿈만 꾸면 된단다.

아빠는 간밤에 흥분이 되어서 잠이 잘 오지 않더라. 늦게까지 소파에서 뒤척이고 있는데, 엄마와 함께 잠을 자겠다고 들어갔던 네가 밤 12시에 깨서 나오는구나. 그리고는 네 방에서 인터넷도 하고, 오랜만에 네 핸드폰도 발견하고는 좋아하더라. 그리고 이제 공부도 해야겠다는 생각이 들었는지 이번 학기에 너희 학년이 공부하고 있는 네 과목이 어렵다고 그 교재를 받아서 먼저 공부를 해야겠다고 했지. 새벽 2시가 되어서야 다시 잠자러 들어가는 것 같더라. 아빠도 거의 그때쯤 잠에 들었다.

아빠도 오늘부터 네가 다치기 전의 아빠 생활로 돌아왔지. 그래서 새벽 5시에 깨어서 신문을 보고 피트니스센터에 가려고 준비하고 있는데, 네가 잠에서 깨서 나오는구나. 네가 방에서 나오는 모습에 혹시나 꿈이 아닐까 하는 불안감이 잠깐 머릿속을 스쳐갔단다. 그리고 집을 나서서 버스를 기다리는데, 무심결에 4318번 버스를 타려했다가 움칫 놀랐지. 그 버스는 네가 입원해 있던 병원으로 가는 차거든. 사실 네가 다치기 전에는 그런 버스가 있는지조차도 모르고 있었지.

사우나를 나오기 전에 몸무게를 재니 71.3kg이구나. 네가 다치기 전의 몸무게이지. 이제 몸무게도 예전처럼 되었구나. 피트니스센터를 나와서 오랜만에 느끼는 남산 공기는 참 맛있고 상쾌하구나.

출근해서 간호사가 이런 저런 보고를 하는데, 글쎄 말이다.

정말 희한하게도 내일 치료 예약 환자 중에 네가 사고가 났다
는 소식을 들을 때 치료 중이었던 일본 학생이 있구나. 그 학생
은 두 달 간격으로 금요일 저녁에 비행기를 타고 와서 토요일
에 치료를 하고 있는 중이거든. 네가 다친 날이 토요일이었고,
네가 어제 병원에서 퇴원했는데 두 달이 조금 지난 토요일인
내일 치료 예약을 했구나.

내일은 편안한 마음으로 그 학생을 치료할 수 있을 것 같다.
사실 네가 다친 날은 어떻게 치료를 했는지 기억도 잘 나지 않
는구나. 아마도 아빠는 네 사고 생각을 할 때마다 이 일본 학생
도 항상 기억이 날 것 같다.

지난 두 달 동안 악몽을 꾸고 있었던 것이겠지? 그래, 오늘

부터 현준이 너뿐만 아니라 우리 가족 모두가 꿈에서 깨어나는 거다. 네가 다치고 나서 아빠 병원 책상 서랍에 써 두었던 사직서는 이제 찢어버려야겠다.

얼마 전부터 우리 집 베란다 근처에 까치가 부지런히 왔다갔다하더니 현준이 방의 바깥 벽에 있는 에어컨 실외기에 까치집을 지었구나. 엄마가 인터넷을 찾아보더니 집안의 환자가 쾌유하는 의미라고 좋아하는구나. 그리고는 실외기 위에 까치가 먹을 수 있게 까치밥으로 감을 올려놓았단다. 엄마가 모두에게 우리 현준이의 퇴원을 감사하는 소박한 표시이겠지.